ŒUVRES & THÈMES

# Journal d'un clone et autres nouvelles du progrès

Anthologie

Dossier thématique

**Faut-il avoir peur du progrès ?**

Notes et dossier
**Claire Pelissier-Folcolini,**
agrégée de lettres modernes
avec la collaboration d'**Hélène Potelet,**
agrégée de lettres classiques


Paris 2019
ISBN 978-2-401-05281-9

Hatier

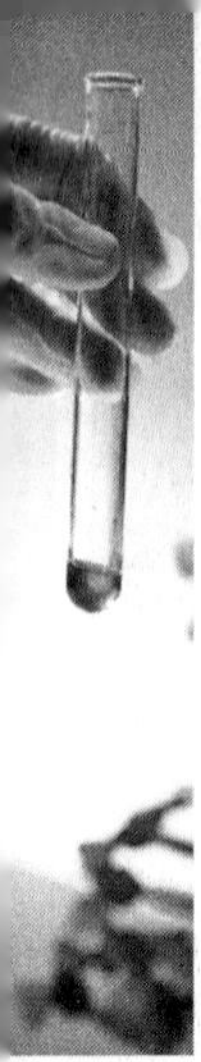

## SOMMAIRE



# Nouvelles du progrès

## DOSSIER : FAUT-IL AVOIR PEUR DU PROGRÈS ?



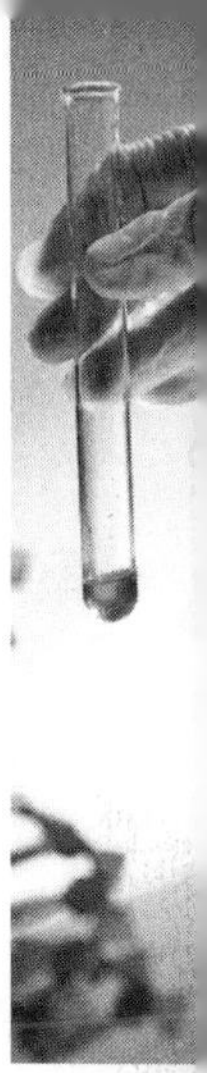

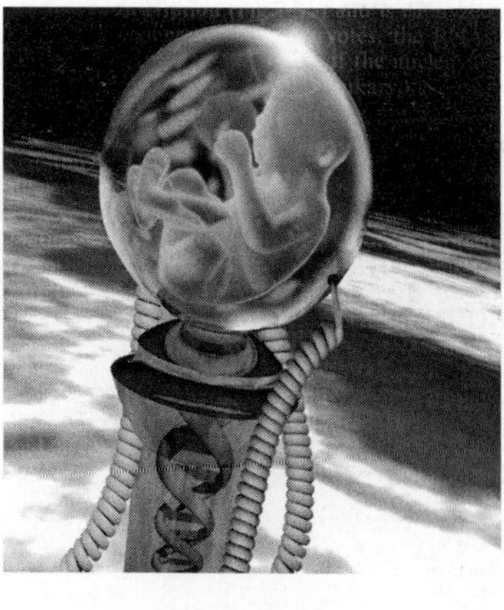

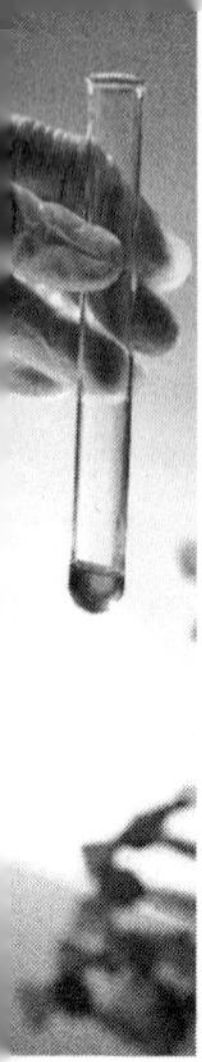

# Pourquoi ce livre devrait te plaire

Tu aimes **voyager** dans le **temps** ? Ce livre est pour toi ! **Clones, manipulations génétiques, cyborgs, monde virtuel :** ces innovations scientifiques qui pourraient un jour transformer ton quotidien sont le point de départ des nouvelles.

Dans « Journal d'un clone », seras-tu du côté de l'enfant qui veut un jouet ultra-perfectionné, qu'il peut jeter sans regret, ou un défenseur des **droits des clones** ?

« Potentiel humain » te transportera dans une métropole du futur où les hommes peuvent modifier leurs corps et devenir des cyborgs. Mais ce **progrès** est-il sans **risque** ?

Dans « Clarisse », tu croiseras des savants peu scrupuleux qui mènent des **expériences interdites** sur des singes.

Aimerais-tu apprendre avec une **puce dans le cerveau** qui augmenterait tes capacités ? « La Classe de maître Moda » te permettra de te projeter.

Que penserais-tu de passer tes prochains examens avec un casque sur la tête, dans un **monde virtuel**, comme Anna dans « Anna passe son bac » ?

Pourrais-tu imaginer un monde comme dans « Le Rituel des adieux », où les hommes, repoussant leurs **limites physiques** grâce au progrès médical, décideraient du jour de leur mort ?

Avec ce livre, tu pousses la porte du futur...

## FICHE D'IDENTITÉ DE L'ŒUVRE

- Titre du recueil : *Journal d'un clone et autres nouvelles du progrès*
- Genre : nouvelles de science-fiction

**❶ « Journal d'un clone », de Gudule (2007)**
Un clone conçu pour tenir compagnie à Yannick, jeune garçon turbulent et violent, raconte son terrible quotidien.

**❷ « Potentiel humain », de Fabrice Colin (2001)**
Pour sauver son entreprise, Humberdeen décide de vendre ses membres à une société qui les remplace par des prothèses.

**❸ « Clarisse », d'Éric Simard (2001)**
Une généticienne enquête sur la création d'une chimère mi-humaine, mi-orang-outang.

**❹ « La Classe de maître Moda », de Pierre Bordage (2002)**
Élève de maître Moda, un professeur virtuel qui officie pour une école internationale privée, Emma reçoit un enseignement de très haut niveau tandis que l'accès à l'éducation reste difficile pour des enfants moins favorisés.

**❺ « Anna passe son bac », de Christian Grenier**
(nouvelle parue en 1994 et réactualisée en 2018)
Anna doit réussir une série d'épreuves virtuelles étranges pour obtenir son baccalauréat.

**❻ « Le Rituel des adieux », de Colette Jacques Veaux (2010)**
Dans un monde où les humains maîtrisent la maladie et le vieillissement grâce à la médecine, Greta doit organiser la fête qui précède la mort programmée de sa grand-mère centenaire.

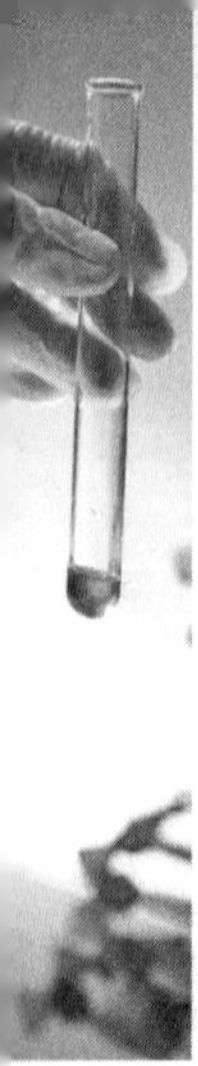

## ENTRETIEN AVEC CHRISTIAN GRENIER

*L'auteur de science-fiction Christian Grenier répond à une interview sur la science-fiction.*

**► Comment définiriez-vous la science-fiction ?**

Christian Grenier. – Dans les quatre essais que j'ai consacrés à la SF, je la définis comme l'une des trois littératures de l'imaginaire : le merveilleux, le fantastique et la science-fiction. Toutes trois sont des « fictions irréalistes ».

Le merveilleux, c'est de *l'irrationnel accepté* : dans un conte ou une fable, on n'est pas choqué que les animaux parlent, ni qu'une citrouille se transforme en carrosse.

Le fantastique (qui apparaît avec la science), c'est de *l'irrationnel inacceptable* : on sait désormais que n'existent ni les morts-vivants, les sorcières, les fées, les vampires ou les fantômes.

La science-fiction, c'est de *l'irrationnel... justifié* – souvent parce que le récit se situe dans le futur ou parce que la science permet de voyager loin dans l'espace ou dans le temps.

À mes yeux, un récit de SF relève de trois critères : décalage avec le réel, logique et rigueur dans l'enchaînement des faits, style ou ambiance réaliste.

**► Vous considérez-vous comme un auteur de science-fiction ?**

Christian Grenier. – Classé « écrivain jeunesse », j'ai publié des romans, des nouvelles et des essais pour les adultes, mais aussi des pièces de théâtre, des scénarios, des récits historiques... et policiers : mon héroïne Logicielle a résolu vingt enquêtes, notamment celle de *L'OrdinaTueur*. Il est vrai que mes romans policiers se nourrissent des nouvelles technologies et se situent dans un futur proche.

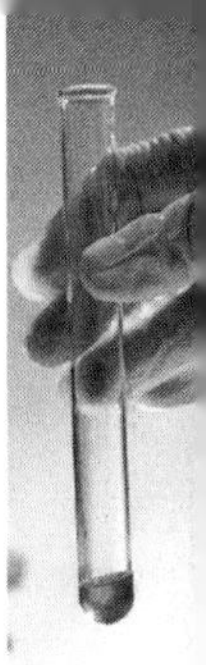

**► Comment les auteurs de science-fiction parviennent-ils à anticiper le futur ?**

Christian Grenier. – Ce n'est pas toujours le cas et c'est rarement leur objectif ! Ils invitent surtout les lecteurs à réfléchir sur les conséquences d'une invention, d'un état du monde inédit (c'est le cas des uchronies) – ou d'une nouvelle loi : dans *Fahrenheit 451* de Bradbury, il est interdit de lire ! Un petit décalage avec le réel, mais une cascade de conséquences...

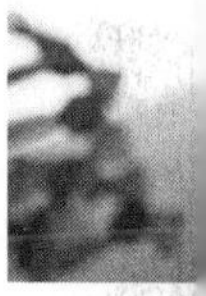

**► Vous documentez-vous ?**

Christian Grenier. – Oui ! Je suis de près les progrès des sciences (l'astronomie, la biologie et... les sciences sociales !) Et je reste attentif à la marche du monde.

**► Selon vous, les progrès scientifiques sont-ils plutôt une chance ou une menace pour l'humanité ?**

Christian Grenier. – Ils seraient une chance s'ils étaient utilisés pour le bien commun. L'exploitation irraisonnée du pétrole et de nos ressources fossiles menace en effet le futur de l'espèce humaine.

**► Quelle est l'idée défendue dans « Anna passe son bac » ?**

Christian Grenier. – Je voulais montrer que le livre avait une capacité plus puissante que les écrans et les mondes virtuels : il peut encore captiver son lecteur au point de l'abstraire du réel. C'est ma façon de rendre hommage à la force de l'imaginaire.

**► Comment expliquez-vous que la plupart des récits de science-fiction récents soient des dystopies ?**

Christian Grenier. – Les dystopies illustrent nos craintes de voir renaître les dictatures. Ce genre n'est pas nouveau. *Le Meilleur des mondes*, d'Aldous Huxley, date de 1932, et *1984*, de George Orwell, date de 1948 ! Dommage qu'aucune dystopie ne montre que nous avons choisi et accepté une dictature à peine déguisée : celle de la consommation effrénée et du pillage des ressources de notre planète.

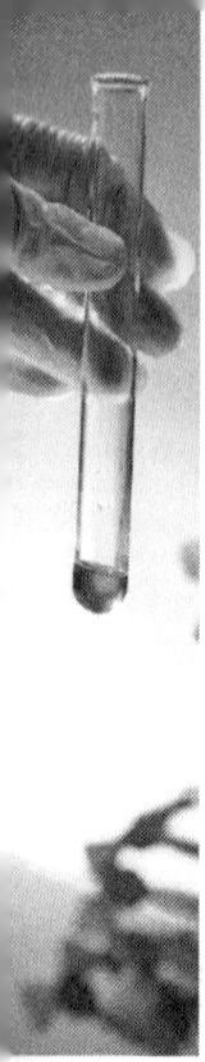

## LES AUTEURS DES NOUVELLES

# Gudule (1945-2015)

Femme de lettres belge francophone, Gudule utilise différents pseudonymes, comme Anne Duguël, Guduël ou Gudule. De son vrai nom Anne Liger-Belair, elle se révèle inclassable : elle publie dans des journaux satiriques (*Charlie Hebdo*), écrit des romans pour la jeunesse et pour les adultes, abordant tour à tour les genres du conte, du fantastique et de la science-fiction. Lauréate de nombreux prix littéraires, elle aborde des sujets variés, comme les pouvoirs de la lecture et de l'écriture dans *La Bibliothécaire* (1995), ou la maladie en milieu scolaire dans *La Vie à Reculons* (1994).

# Fabrice Colin (1972)

D'abord journaliste, Fabrice Colin écrit son premier roman *Neuvième cercle* en 1997. Il se fait connaître grâce à la littérature destinée à la jeunesse. Mélangeant les genres de la *fantasy* et de la science-fiction, il imagine dans *Projet oXatan* (2002) quatre adolescents vivant sur Mars dans un cratère, non loin d'une forêt habitée par des ogres, des alligators et un savant fou. Après avoir été trois fois lauréat du Grand Prix de l'Imaginaire, il se tourne vers la littérature générale, la BD et le polar avec *Blue Jay Way* (2012).

# Éric Simard (1962)

Auteur de nombreux ouvrages pour la jeunesse, Éric Simard réfléchit aux liens entre les hommes et les animaux. Il propose une réflexion sur les manipulations génétiques et la bioéthique en imaginant des créatures mi-humaines mi-animales dans un roman poétique sur les êtres génétiquement modifiés : *L'Enfaon* (2010). Dans *Les Chimères de la mort* (2002), des créatures hybrides sèment la terreur sur la Lune, colonisée par les Terriens. Par son œuvre, Éric Simard veut montrer que « des hommes de conscience » doivent surveiller les « hommes de science ».

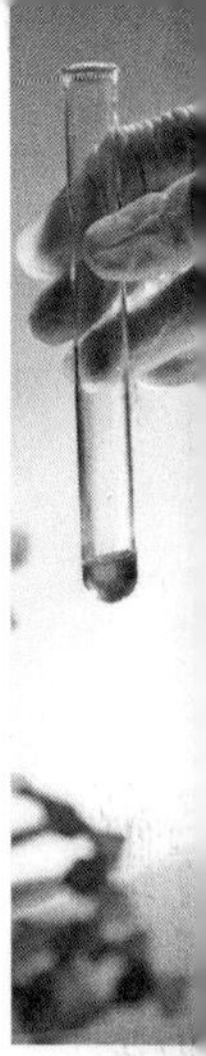

## Pierre Bordage (1955)

Pierre Bordage a reçu de nombreux prix littéraires pour son œuvre humaniste et spirituelle tournée vers les mondes imaginaires. Il connaît le succès avec la trilogie *Les Guerriers du silence* (1993-1995) pour laquelle il reçoit le Grand Prix de l'Imaginaire puis le Cycle de *Wang* (1996-1997). Avec le recueil de nouvelles *Nouvelle vie* (2004), dans lequel est publiée « La Classe de maître Moda », l'auteur s'interroge sur le respect de la dignité humaine dans un monde où prévaut la rentabilité technologique.

## Christian Grenier (1945)

Auteur de romans policiers et de science-fiction, Christian Grenier reçoit dès 1973 un prix littéraire pour *La Machination* (1973), roman dans lequel le héros astronaute découvre sur une autre planète une civilisation plus avancée technologiquement. Il est connu pour ses romans et ses recueils de nouvelles sur le futur, comme *Virus L.I.V. 3 ou la mort des livres* (1998). Il met en scène un monde où la primauté des écrans risque d'anéantir la richesse de la langue et de la littérature non numérique.

## Colette Jacques Veaux (1930)

Professeure de lettres et écrivaine, Colette Jacques Veaux publie à partir de 2002. Elle utilise volontiers la fiction, en particulier le fantastique et la science-fiction, pour exprimer ses réflexions philosophiques sur le monde contemporain.

**REPÈRES CLÉS**

# Les origines de la science-fiction

- Le récit de science-fiction fait référence à des innovations scientifiques ou technologiques contemporaines, que l'auteur modifie ou dont il imagine qu'elles sont devenues pratiques courantes. Il allie donc des **données réelles** et des **événements imaginaires**.
- Le terme « science-fiction » fait son entrée dans le monde littéraire au **début du XXe siècle** et supplante celui d'« anticipation ».
- La plupart des historiens du genre considèrent que la science-fiction commence avec ***Frankenstein* (1818)**, de Mary Shelley, dont le récit repose sur des données scientifiques précises.
- Au XIXe **siècle**, paraissent des romans ou des nouvelles qui font le succès du genre. Dans *De la Terre à la Lune* (1865), Jules Verne imagine, cent ans avant, les premiers pas humains sur la Lune. Dans *L'Île du Docteur Moreau* (1896), Herbert George Wells anticipe les futures expériences de greffes et imagine les effrayantes manipulations sur le corps humain que pourrait tenter un savant fou.

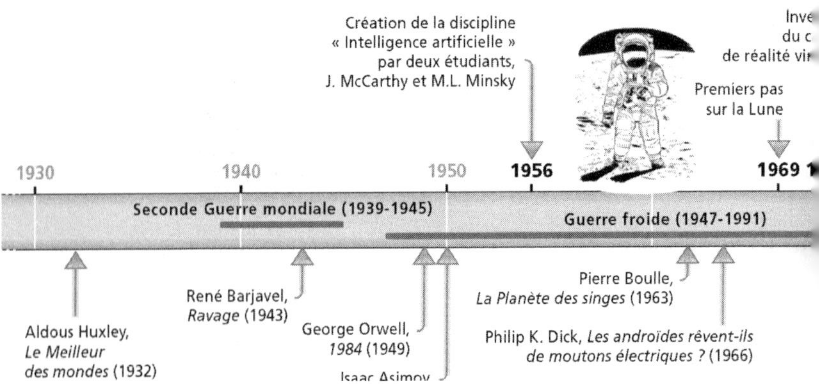

# La science-fiction aux XXᵉ et XXIᵉ siècles

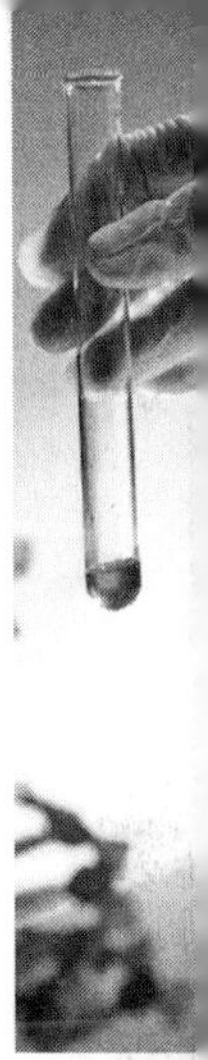

► Au XXᵉ **siècle**, les revues de science-fiction (les *Pulps*) et magazines américains popularisent le genre. Les lecteurs découvrent Howard Phillips Lovecraft, Ray Bradbury ou Isaac Asimov.

► Aux **États-Unis** et en **Angleterre** les œuvres d'Aldous Huxley (*Le Meilleur des mondes*, 1932), de George Orwell (*1984*, écrit en 1948 et publié en 1949) ou de Ray Bradbury (*Chroniques martiennes*, 1950), se font l'écho des nouveautés scientifiques : exploration de l'espace, invention de l'ordinateur, développement de la génétique.

► Un nouvel engouement pour le genre se manifeste en **France** au milieu du XXᵉ siècle avec des auteurs comme René Barjavel (*Ravage*, 1943) ou Pierre Boulle (*La Planète des Singes*, 1963).

► Des **écrivains contemporains** comme Bernard Werber (*Les Fourmis*, 1991), Jean-Claude Mourlevat (*Terrienne*, 2011), Florence Hinckel (*#Bleue*, 2015) réfléchissent à la place octroyée aux robots ou aux clones dans le monde futur.

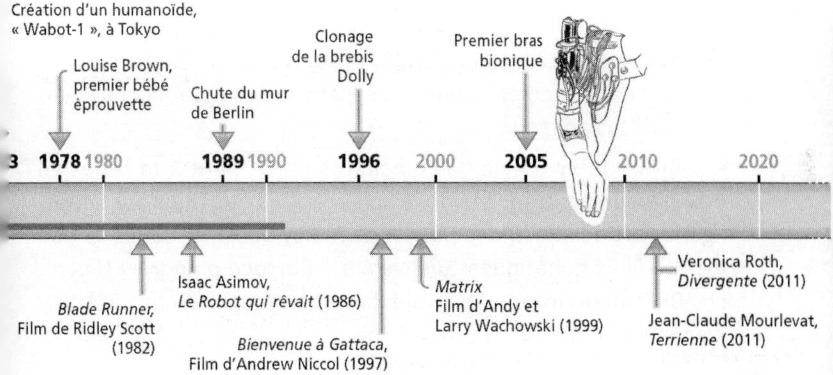

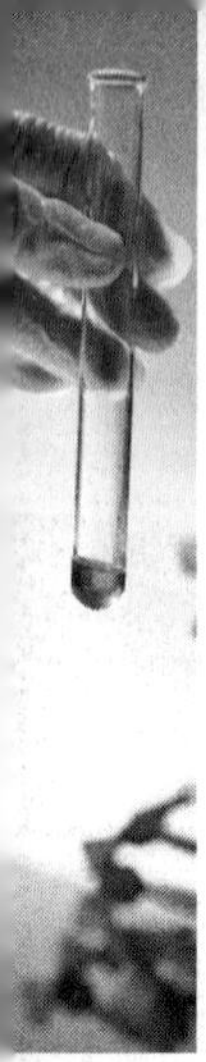

**POUR EN SAVOIR PLUS**

# Les sous-genres de la science-fiction

▸ La tension entre merveilleux et réalisme qui caractérise la science-fiction permet une richesse générique : certaines œuvres se rapprochent de l'**anticipation** (récit qui imagine l'impact des progrès scientifiques sur le futur), d'autres du ***space opera*** (aventures dans l'espace), de l'**uchronie** (aventures dans un espace-temps parallèle), de la **dystopie** ou **contre-utopie** (société idéale qui devient cauchemardesque) ou du récit **post-apocalyptique** (futur dévasté par une catastrophe énergétique ou sanitaire).

▸ Les nouvelles du recueil se rattachent majoritairement à la dystopie, à l'exception d'« Anna passe son bac » qui relève de l'anticipation.

# La science-fiction au cinéma

▸ *Le Voyage dans la Lune*, de Georges Méliès, en 1902, peut être considéré comme le premier film de science-fiction. Dans les années 1920, le réalisateur allemand Fritz Lang propose avec *Metropolis* (1927) une réflexion sur la ville du futur.

▸ Au lendemain de la Seconde Guerre mondiale, l'industrie hollywoodienne s'intéresse sérieusement à la science-fiction, et produit notamment *2001 : L'Odyssée de l'espace* (1968) de Stanley Kubrick ou *La Planète des singes* (1968) de Franklin J. Schaffner, qui exploite les thèmes de la colonisation de l'espace et des expériences médicales sur les animaux.

▸ À la fin du XXe siècle, les cinéastes participent à la réflexion éthique sur les avancées de la science avec des films sur l'intelligence artificielle (*Blade Runner* de Ridley Scott, en 1982), sur les expériences génétiques (*Bienvenue à Gattaca* d'Andrew Niccol, en 1997) et sur le monde virtuel (la trilogie *Matrix* d'Andy et Larry Wachowski, en 1999).

# Journal d'un clone

## et autres nouvelles du progrès

# Journal d'un clone

Aujourd'hui, Yannick m'a battu. Sa mère, qui nous regardait par la fenêtre de la cuisine pendant qu'on jouait au jardin, a crié sévèrement :

« Arrête, voyons ! Tu vas le démolir !

– Ben quoi ? » a répondu Yannick en m'envoyant un grand coup de pied dans la mâchoire. « Vaut mieux que je me défoule sur mes jouets que sur ma petite sœur, non ? »

Ce n'était pas faux, madame Delmotte a bien été forcée de l'admettre. D'ailleurs, le vendeur des Grands Magasins Réunis a insisté sur ce point en remplissant le bordereau d'achat. Je connais l'histoire par cœur, les Delmotte l'ont racontée à tous leurs amis : *« Le HD 22 est recommandé pour les enfants nerveux par de nombreux pédopsychiatres*[1]*, leur a-t-il affirmé. C'est un modèle très résistant, d'une passivité exemplaire*[2]*. »*

Et comme madame Delmotte hésitait à cause du prix, somme toute assez élevé, il a précisé que je jouissais du label de conformité[3] délivré par la CCCUD (Commission de contrôle des clones[4] à usage domestique[5]). *« L'agressivité du HD 22 est inhibée*[6] *par lasérisation de certaines zones cervicales*[7]*. Quel que soit son mode d'utilisation, ce jouet ne*

---

1. **Pédopsychiatres :** spécialistes des troubles psychologiques de l'enfant.
2. **Passivité exemplaire :** soumission sans borne.
3. **Label de conformité :** garantie de conformité aux normes.
4. **Clones :** êtres vivants reproduits à l'identique de leurs originaux.
5. **Clones à usage domestique :** clones utilisés pour les besoins du foyer.
6. **Inhibée :** bloquée.
7. **Lasérisation de certaines zones cervicales :** traitement au laser de certaines zones du cerveau.

*présente donc aucun danger. Une telle sécurité ne justifie-t-elle pas un petit effort financier ?* »

Ce dernier argument a décidé monsieur Delmotte. Depuis quelques années, les accidents dus aux rébellions de clones maltraités défraient régulièrement la chronique[8], ce qui, malgré l'engouement[9] des jeunes pour ce « compagnon de jeu idéal » (comme dit la pub !) fait encore hésiter certains parents.

Yannick était fou de joie. « Un HD 22 ? Pour moi ? Wah, le top du top ! Tous mes copains vont en être verts de jalousie ! » Malgré sa nature remuante, il s'est soumis sans broncher aux prélèvements nécessaires à la duplication[10]. Et c'est ainsi que je me suis retrouvé, au Noël suivant, devant leur sapin.

Ah, ça ! pour être bien accueilli, je fus bien accueilli ! Yannick m'a sauté au cou, embrassé, serré dans ses bras, couvert de caresses. « T'es encore mieux qu'un frère jumeau ! » me répétait-il sur tous les tons. « T'es moi… Et moi, je suis mon meilleur ami ! » Cette réaction si spontanée, si pleine de naïveté et de fraîcheur, m'a ému aux larmes…

Normal : l'affectivité des HD 22 est surdéveloppée[11]. C'est notre principal argument de vente. Le slogan « *Besoin d'amour ? Votre clone New Generation vous aimera plus que vous-même !* » est aujourd'hui sur toutes les lèvres. L'avè-

---

**8. Défraient […] la chronique :** font la Une des journaux.
**9. Engouement :** enthousiasme.
**10. Duplication :** reproduction à l'identique.
**11. L'affectivité des HD 22 est surdéveloppée :** leur capacité à s'émouvoir et à aimer est plus grande que la moyenne.

nement[12] des « double-cœur », comme on nous appelle familièrement, a mis au rancart les vieux HD 18, 19 et 20, jugés trop indifférents, voire trop égoïstes. Trop humains, en somme…

Les premiers temps, avec Yannick, c'était génial. On ne se quittait plus. Il délaissait tous ses copains pour moi, et si les clones n'avaient pas été interdits dans les établissements scolaires, il m'aurait même emmené en classe.

Puis, petit à petit, les choses se sont gâtées… C'est le lot[13] de tous les jouets, même vivants : au début, on les adore, on en prend soin ; ensuite, on s'en lasse et on les abîme.

Là, j'ai des bleus partout, un œil poché. Après m'avoir rossé tout son soûl[14], Yannick m'a laissé par terre, en piteux état, et est parti regarder un film à la télé. Du coup, Julia, sa petite sœur, a entrepris de me soigner.

« C'est comme si je jouais au docteur avec mon frère, mais en mieux ! » m'a-t-elle confié en rigolant. « Parce que toi, au moins, tu te laisses faire. Et puis, tes blessures sont de vraies blessures ! »

L'ennui, c'est que l'armoire à pharmacie est hors de sa portée. Alors, elle a fait ce qu'elle a pu : elle a badigeonné mes plaies de confiture, et sur mon œil blessé elle a placé une compresse de jus d'orange. Ça pique affreusement.

Je lui ai quand même dit merci, pour ne pas la décevoir…

12. **L'avènement :** l'apparition sur le marché commercial.
13. **C'est le lot :** c'est le destin.
14. **Après m'avoir rossé tout son soûl :** après m'avoir battu jusqu'à s'en lasser.

***

Aujourd'hui, Yannick m'a coupé un doigt. Ce sont mes cris qui ont alerté sa mère. Elle est accourue et lui a arraché le couteau de cuisine des mains. Elle était très fâchée.

« Au prix où nous avons payé ce clone, si c'est pas malheureux ! » fulminait-elle[15]. « File dans ta chambre, vilain garnement ! »

Comme je répandais du sang partout, elle m'a mis dehors. Il pleuvait. Je me suis accroupi tout contre la porte et j'ai fixé, en pleurant, la petite mare rouge qui se formait sur le seuil, devant moi. La douleur cognait jusque dans ma tête, j'avais froid, j'étais triste, je me sentais seul et abandonné. Malgré la menace du cataplasme[16] au jus d'orange – ou au ketchup, ou à la moutarde, ou à la purée de marrons –, j'aurais bien aimé que Julia vienne me consoler. Mais elle n'a pas eu le droit de sortir, à cause du mauvais temps.

Après, la pluie a redoublé et la petite mare rouge est devenue rosâtre, avant de se délayer complètement. Je suis bien content : madame Delmotte n'aura pas besoin de nettoyer.

Maintenant, j'ai arrêté de saigner mais je grelotte de fièvre. Une chance, la fièvre, ça ne salit pas. Si je m'évanouis, peut-être que madame Delmotte me laissera rentrer ?

---

**15. Fulminait-elle :** s'énervait-elle.
**16. Cataplasme :** préparation médicamenteuse sous la forme d'une bouillie épaisse que l'on applique sur une partie du corps pour la soigner.

***

Hier soir, monsieur Delmotte a dû appeler le service après-vente[17] des Grands Magasins Réunis parce que mon doigt – enfin, l'emplacement de mon doigt – s'était infecté. J'ai eu droit à une dose massive d'antibiotique et à un gros pansement cicatrisant. Ça n'a rien coûté parce que je suis encore sous garantie, mais le réparateur a signalé que, dans mon cas, la faveur était exceptionnelle : normalement, les dégâts commis par l'utilisateur sont à sa charge.

« C'est comme cet œil », a-t-il dit à Yannick en examinant ma paupière tuméfiée[18]. « Ttttt, faut faire attention à tes affaires, bonhomme ! Ça te plairait d'avoir un clone borgne ?

– C'est pas moi, c'est ma sœur ! » a protesté Yannick. Julia a fait un bond en l'air.

« Oh, l'autre ! C'est pas toi, peut-être, qui lui as fichu une beigne[19], espèce de sale menteur ?

– Mes beignes, elles sont moins pires que tes compresses débiles, figure-toi ! »

Monsieur et madame Delmotte ont échangé un regard irrité.

« Du calme, les enfants ! Si, en plus, ce jouet est une cause de dispute entre vous, nous allons finir par regretter notre achat ! »

Ça m'a rendu terriblement malheureux !

---

17. **Service après-vente :** service qui s'occupe des réparations d'un produit défectueux après l'achat.
18. **Tuméfiée :** gonflée.
19. **Beigne :** coup de poing (familier).

***

On a parlé de nous, à la télé. Une émission très polémique[20], avec débat et tout et tout. Parce que l'utilisation des clones telle qu'elle se pratique aujourd'hui est loin de faire l'unanimité. Que nous servions de banque d'organes ou de cobayes pour la recherche, tout le monde approuve, évidemment : au départ, nous avons été créés pour ça. C'est notre commercialisation qui pose des problèmes. Notre « prolifération »[21], comme disent certains. Paraît que c'est inquiétant...

L'animateur parlait d'HD 17, 18 et 19 devenus « *des éléments incontrôlés. [...] Ces anciens modèles, de plus en plus nombreux à prendre le maquis*[22], *constituent un véritable fléau, comme en témoigne le reportage exclusif de notre envoyé spécial, filmé au téléobjectif dans le camp d'insurgés*[23] *de la forêt de Fontainebleau. Attention, certaines séquences peuvent choquer ; jeunes enfants et âmes sensibles, s'abstenir !* »

Madame Delmotte a envoyé Julia se coucher mais nous a permis de rester, Yannick et moi.

C'est vrai que c'était impressionnant ! Jamais je n'avais vu autant de clones rassemblés – sauf au défilé du 14 juillet. Y en avait des milliers, toute une foule... On nous les a d'abord montrés de loin, puis le cameraman a zoomé.

---

**20. Émission très polémique :** émission qui crée un débat virulent.
**21. Prolifération :** multiplication rapide d'êtres vivants.
**22. Prendre le maquis :** s'enfuir, se cacher pour échapper à l'autorité (familier). Cette expression fait référence aux résistants de la Seconde Guerre mondiale qui se réfugiaient dans le maquis pour lutter contre l'occupant.
**23. Camp d'insurgés :** camp où se sont réfugiés les clones rebelles.

Et, malgré la mauvaise qualité de l'image, j'ai pu reconnaître, côtoyant des rebelles anonymes, un certain nombre de personnages célèbres, mutilés ou défigurés pour la plupart. Des présidents de la République en triple ou en quadruple exemplaire, par exemple. Tous victimes d'attentats à la place de leur modèle. Ou des doublures d'acteurs connus ayant survécu à des cascades ratées. Et même quelques-unes de ces reproductions de top models qu'on trouve en vente par correspondance dans les revues *for men only*[24] qu'achète monsieur Delmotte…

« *Que revendiquent*[25] *exactement ces dissidents*[26] *?* » a demandé l'animateur à l'un de ses invités, un sociologue[27], je crois.

« *Les mêmes privilèges que nous : citoyenneté à part entière, droit de vote, salaires décents, sécurité sociale, etc.* »

« Ben, ils sont gonflés ! s'est indignée madame Delmotte. Et pourquoi pas le chômage, tant qu'ils y sont ! »

Son mari lui a fait signe de se taire. D'autant que le représentant du CDC (Comité de défense des clones) prenait la parole :

« *Ces revendications, bien qu'excessives, ne sont pas totalement dénuées de fondement*[28]*. Le clone est-il moins "humain" que le modèle dont il est issu ? La question mérite d'être posée. Dans la* Bible, *il est écrit que Dieu a créé Adam à son image et à sa ressemblance – d'où notre essence divine. Qu'avons-nous fait d'autre, nous, dieux modernes, en concevant le clone, ce nouvel Adam, cette*

**24. Les revues *for men only* :** les magazines de charme à destination des hommes.
**25. Revendiquent :** réclament comme étant leur droit.
**26. Dissidents :** opposants à l'ordre établi.
**27. Sociologue :** spécialiste de l'étude des phénomènes de société.
**28. Dénuées de fondement :** sans justification.

*copie conforme de son créateur – c'est-à-dire l'homme –, élaborée à partir d'une de nos cellules ? »*

Des protestations se sont élevées sur le plateau.

*« Vous jouez sur les mots !*

*– Vos comparaisons sont intolérables !*

*– Les clones ne sont que des produits fabriqués à la demande, et rien de plus ! Il s'en vend chaque jour des milliers, au même titre que des ordinateurs ou des lave-vaisselle. Allez-vous prétendre que les lave-vaisselle eux aussi sont humains ? »*

Attaqué de toute part, le représentant du CDC a haussé le ton pour dominer le brouhaha.

*« À la différence d'un quelconque appareil ménager, le clone, en tout point notre semblable, éprouve, comme nous, des joies, des peines, des souffrances, des désirs...*

*– ... et des ambitions ! »* l'a interrompu le sociologue. « *Ce qui nous permet de redouter le pire si cette rébellion n'est pas rapidement jugulée*[29] *!*

*– À qui la faute, cher monsieur ? Nous avons établi une nouvelle forme d'esclavage – largement pire, à mon avis, que celle de l'Antiquité. Plus pernicieuse, en tout cas. Et surtout plus dangereuse. Qui fait fonctionner la société, aujourd'hui ? Les clones, encore les clones, toujours les clones ! Sous notre contrôle, certes, mais pour combien de temps encore ? Que ce soit sur les chantiers, dans les usines, dans les secteurs à risques comme le nucléaire, dans l'armée ou dans la police, la main-d'œuvre humaine n'existe quasiment plus. Il y a des années que les quotas*[30] *sont dépassés. La duplication en série fonctionne à plein régime, au détriment de la prudence la plus élémentaire...*

---

**29. Jugulée :** maîtrisée, réduite à néant.
**30. Quotas :** nombre maximal de clones autorisé.

*– Les coûts de fabrication baissent d'année en année »*, a signalé l'animateur d'une voix neutre. *« Grâce aux progrès de la génétique*[31]*, le matériel le plus performant est aujourd'hui à portée de tous. Rares sont les familles qui n'ont pas au moins un clone domestique…*

*– C'est justement là le nœud du problème ! La vie des clones a de moins en moins de valeur : aujourd'hui, en acheter un nouveau coûte moins cher que de faire réparer l'ancien, même atteint d'un simple rhume. Résultat : un gaspillage éhonté*[32]*. On ne compte plus les clones victimes de la négligence, de la distraction, voire du sadisme*[33] *de leur propriétaire. Combien d'entre eux meurent de malnutrition ou succombent à des jeux pervers ? Hier encore, on a ramené dans mes services une petite Winona Ryder*[34] *qui avait servi de cible à un club de tir à l'arc. Il a fallu l'achever : elle était irrécupérable… De telles pratiques sont-elles acceptables ? »*

Depuis un moment, le sociologue donnait des signes de nervosité. De toute évidence, il n'était pas d'accord :

*« Vous oubliez que ces "pratiques", comme vous les appelez, ont fait chuter de soixante-dix pour cent la criminalité en moins de cinq ans ! N'est-ce pas un résultat appréciable ? »*

J'ai cru que le représentant du CDC allait le mordre. Il a retroussé les babines, comme les chiens quand ils montrent les crocs. Ça lui donnait un air méchant. Même s'il semblait nous avoir « à la bonne », je trouvais ce type de moins en moins sympathique.

**31. Génétique :** science qui étudie les gènes.
**32. Éhonté :** scandaleux.
**33. Sadisme :** cruauté, perversité.
**34. Winona Ryder :** actrice américaine.

*« Certes, mais que pensez-vous de ces combats à mort dont se délecte le peuple, ou de ces séances de torture* in life[35], *pratiquées dans tous les lieux branchés ? N'est-ce pas, quelque part, "criminel" également ? Et cela ne justifie-t-il pas, d'une certaine manière, la révolte des clones ?*

*– Là, vous exagérez !* » a bondi l'animateur, indigné. « *Il faut bien que le peuple s'amuse, même si ses distractions ne sont pas toujours de très bon goût… D'autre part, je tiens à rappeler que cette révolte – "légitimée"*[36] *en quelque sorte par votre discours, qui me paraît pour le moins suspect ! – est le fait d'anciens modèles. Les HD 22 – et bientôt les 23, qui seront sur le marché dans quelques semaines – ont des normes de fabrication très strictes qui rendent tout "dérapage" impossible.* »

Ça, ça m'a rassuré. Les Delmotte aussi.

« On a eu raison d'écouter le vendeur ! » a dit monsieur Delmotte. « Tu vois, chérie, la qualité, c'est peut-être un peu plus cher à l'achat mais, à terme, on s'y retrouve. »

Le compliment m'a fait rougir de plaisir.

***

Ce matin, aux nouvelles, on a annoncé que tous les camps de rebelles avaient été massivement bombardés. Les Delmotte ont poussé un soupir de soulagement.

« Ouf, le problème est réglé », a dit monsieur Delmotte. « On n'est pas passés loin de la catastrophe… » Madame

---

**35.** ***In life*** **:** en direct.
**36. Légitimée :** justifiée.

Delmotte a pris le temps d'avaler sa gorgée de café avant de lancer :

« N'empêche, si les services de voirie[37] avaient supprimé d'office tous les vieux modèles, la question ne se serait même pas posée !

– Pourquoi ? a demandé Yannick.

– D'où tu crois qu'ils viennent, tous ces dissidents ? Des poubelles, tout simplement ! Les gens jettent leurs clones hors d'usage, mais il se trouve toujours des petits malins pour les récupérer, les rafistoler et les refourguer à bas prix. Ou pire, les lâcher dans la nature. Et voilà le résultat ! »

Yannick n'en revenait pas.

« Y a des idiots qui réparent ces vieux trucs tout pourris ?

– Oui, des “amis des clones” dans le genre de celui que tu as vu la semaine dernière à l'émission… Des illuminés qui voudraient nous faire croire que les clones ont une âme !

– Tu n'as jamais entendu parler de leurs hôpitaux clandestins ? est intervenu monsieur Delmotte. On y pratique même des opérations chirurgicales !

– Moi, quand je serai grande, je ferai infirmière de clones ! » a affirmé gravement Julia. Son frère l'a fusillée des yeux.

« Bois ton lait au lieu de raconter des bêtises !

– Par bonheur, a continué monsieur Delmotte, ce genre de pratiques est en train de disparaître. Le gouvernement a pris des mesures radicales : les ordures sélectives. Dans quelques jours, on n'aura plus le droit de jeter ses

37. **Services de voirie :** services de ramassage des déchets.

vieux clones avec les déchets ménagers. Des containers spéciaux, fermés à clé, seront placés dans les rues, comme pour la collecte de verre usagé. Et toutes les semaines, un camion-benne les emportera à l'usine d'incinération[38], de sorte que seuls les spécimens fiables, en bon état physique et mental, resteront en circulation…

– Comment on jettera nos clones si les containers sont fermés à clé ? » a demandé Julia.

« Par une petite trappe spécialement prévue à cet effet. Mais comme ils ne pourront pas rentrer d'un seul bloc, faudra les découper avant… »

Yannick a applaudi.

« Quand mon HD 22 sera fichu, c'est ce que je ferai ! »

L'idée semblait lui plaire. C'est vrai que, pour découper, il est très fort, Yannick !

« J'aimerais mieux que tu me le donnes », a dit doucement Julia. Et elle m'a souri.

***

Aujourd'hui, Yannick m'a cassé une jambe et les deux bras à coups de marteau. Pas exprès, soi-disant, mais je suis sûr qu'il a une idée derrière la tête : recevoir un HD 23 pour le prochain Noël, dans un mois… Ces nouveaux modèles, qui viennent de sortir pour les fêtes, nous sont très supérieurs : quand on leur fait mal, au lieu de crier, ils en redemandent. En plus, on peut choisir la couleur de leur sang : y en a du vert, du bleu, du jaune, du fluo…

---

**38. Usine d'incinération :** lieu où l'on fait disparaître les corps en les brûlant.

Évidemment, devant un perfectionnement pareil, moi, je ne fais pas le poids !

Quand Julia m'a vu, tout démantibulé[39] et couché dans le jardin sans plus pouvoir bouger, elle a pleuré. Mais je souffrais tellement que ça ne m'a pas consolé. Je ne suis pas un HD 23, moi !

Je ne vous dis pas l'engueulade lorsque madame Delmotte, alertée par Julia, m'a trouvé ! Elle s'est jetée sur son fils et vlan ! un aller-retour. Tout « double-cœur » que je suis, j'ai trouvé qu'il ne l'avait pas volé !

« J'en ai marre que tu détruises tous tes jouets ! » hurlait-elle, en me repoussant du bout de sa chaussure. « Regarde-moi ça : ce clone, tu l'as depuis un an à peine et il est déjà bon pour la poubelle...

– Bah, de toute façon, il était démodé... a reniflé Yannick.

– Toi, je te vois venir ! Mais ne te berce pas de faux espoirs, mon p'tit bonhomme, on ne t'en achètera pas un autre ; nous n'avons pas les moyens de t'offrir un clone chaque année !

– Je peux le prendre, m'man, au lieu qu'on le jette ? a demandé Julia.

– Qu'est-ce que tu en feras ? Il est inutilisable.

– Je le soignerai !

– Si ça t'amuse... »

Elles s'y sont mises à deux pour me transporter dans la chambre de Julia. Ah, ça ! pour dérouiller, j'ai dérouillé[40] ! Surtout quand Julia m'a laissé tomber juste sur mon bras

**39. Démantibulé :** désarticulé.
**40. J'ai dérouillé :** j'ai eu extrêmement mal.

cassé ! Mais bon, ça valait mieux que d'être balancé dans le container !

On peut dire que Julia s'est donné du mal pour moi ! Le pot de chocolat à tartiner entier y est passé ! Puis elle a entortillé mes fractures de bouts de chiffon et m'a fait des piqûres d'eau avec une vieille seringue rouillée. Mais, malgré toute sa bonne volonté, mes os se sont ressoudés de travers et je suis resté paralysé. Alors, depuis, elle me trimballe dans une vieille poussette et me donne à manger à la petite cuillère, comme un bébé.

De temps en temps, elle m'emmène en promenade. On va jusqu'au container, on écoute les gémissements des clones encore vivants, et on revient. Peut-être qu'un jour elle en aura marre de moi. Alors, elle me découpera, mettra mes morceaux dans un sac plastique et j'irai rejoindre mes frères – le tas de corps pas tout à fait morts et de membres épars[41] qui grouillent dans le noir – pour un dernier voyage avant le passage au lance-flammes. J'en rêve parfois, la nuit, dans mes cauchemars. Et quand je me réveille, je suis tout bouleversé.

J'ai tant de peine à l'idée de la quitter, ma Julia...

Gudule, « Journal d'un clone », *Les Visages de l'humain*,


**41. Membres épars :** parties du corps éparpillées çà et là.

# QUESTIONS SUR « JOURNAL D'UN CLONE »

## AI-JE BIEN LU ?

**1** Coche la bonne réponse.

**a.** Qui est Yannick ?
- ☐ un clone HD 22
- ☐ un garçon qui possède un clone
- ☐ un clone dissident

**b.** Pourquoi le couple Delmotte a-t-il choisi un clone HD 22 ?
- ☐ parce qu'il est doux avec les enfants
- ☐ parce qu'il était en promotion
- ☐ parce que leur fille Julia en voulait un

**c.** Comment le clone HD 22 vit-il chez les Delmotte ?
- ☐ Il est très heureux avec la famille Delmotte.
- ☐ Il est maltraité par Yannick.
- ☐ Il veut se révolter.

## J'ANALYSE LE TEXTE

### Un genre : le journal intime

**2** **a.** Quel est le personnage qui tient son journal ?

**b.** Ce journal est-il réel ou fictif ?

**c.** Relève des indications temporelles qui précisent les moments de l'écriture.

**3** **a.** À quelle époque les événements racontés ont-ils lieu ?
- ☐ dans le passé
- ☐ dans le présent
- ☐ dans le futur

**b.** Justifie ta réponse.

> INFO+
>
> Un **journal intime** est un écrit dans lequel une personne réelle ou un personnage fictif raconte au jour le jour son quotidien, et exprime ses pensées et sentiments.

## Le clone HD 22

**4** Relis les lignes 29 à 34 et cite les deux termes scientifiques qui renvoient au processus de clonage :

**5** **a.** Pourquoi la publicité désigne-t-elle le HD 22 comme « le compagnon de jeu idéal » (l. 27) ?
**b.** Explique quelle opération en a fait un clone affectueux et non dangereux.

**6** Relie les modèles de clone à leurs caractéristiques.

- **a.** Les HD 17, 18, 19
- **b.** Les HD 22
- **c.** Les HD 23

- résistants
- passifs
- sang coloré
- affectivité surdéveloppée
- anciens modèles
- nouveaux modèles très supérieurs
- incontrôlés
- rebelles
- insensibles à la douleur

## Les personnages humains

**7** **a.** Le comportement de Yannick envers le clone évolue-t-il ?
**b.** Comment l'expliques-tu ?

**8** **a.** Julia se comporte-t-elle comme son frère ?
**b.** Pourquoi, selon toi ?

**9** **a.** Penses-tu que Madame Delmotte gronde Yannick parce qu'il a fait souffrir le clone ?
**b.** Quelle valeur accorde-t-elle au clone ?
**c.** Quelle est la réaction de Yannick lorsque sa mère songe à jeter son clone ?

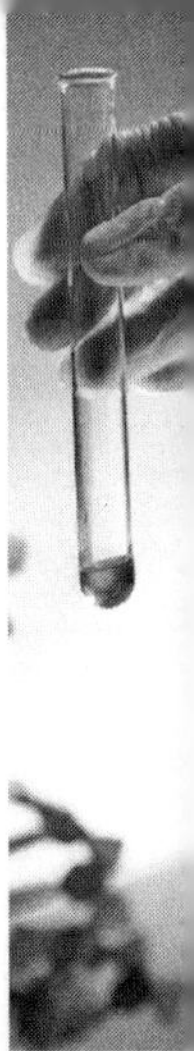

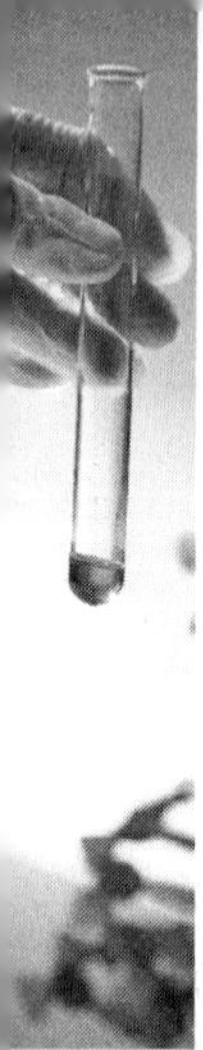



## Les progrès de la génétique en débat

INFO+
Un **débat polémique** est une discussion au cours de laquelle les interlocuteurs (débatteurs) confrontent leurs idées et essaient de se convaincre au moyen d'arguments et d'exemples.

**10** Quel est le sujet du débat (l. 119-156) ?

**11** **a.** Qui sont les débatteurs ?
**b.** Quelle thèse chacun d'eux défend-il ?

**12** Retrouve dans le texte les exemples qui illustrent leurs arguments et note-les :

• Arguments thèse 1
– doublures dans des situations dangereuses : ........................................
– main-d'œuvre bon marché : ........................................
– chute de la criminalité : ........................................

• Arguments thèse 2
– maltraitance, exploitation sexuelle, torture : ........................................
– prolifération : ........................................
– rébellion et revendication de droits : ........................................

**13** **a.** Explique la référence à la *Bible* aux lignes 163-167.
**b.** Est-ce un argument pour ou contre le clonage ?

## La chute et la portée de la nouvelle

**14** **a.** De quoi le clone a-t-il peur à la fin de la nouvelle ?
**b.** « Ma Julia » (l. 341) : quel sentiment le déterminant possessif traduit-il ?
**c.** T'attendais-tu à cette réaction ?

**15** **a.** Pourquoi Gudule a-t-elle choisi d'adopter le point de vue d'un clone, dans son récit ?
**b.** Sur quoi veut-elle faire réfléchir le lecteur ?

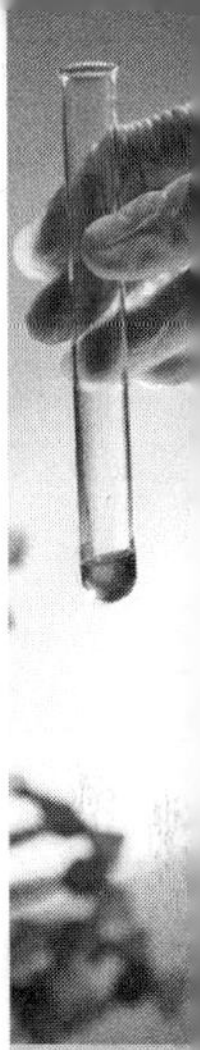



## JE FAIS LE BILAN

**16** Complète le bilan à l'aide des mots-clés.

quotidien | futur | clone | droits | relations

torture | journal intime | risques

**a.** La nouvelle se présente sous la forme d'un .............................. .
**b.** Le personnage principal est un .............................. qui relate son .............................. dans une famille ordinaire.
**c.** L'action se déroule dans le .............................. .
**d.** L'auteure adopte le point de vue d'un clone afin de faire réfléchir le lecteur sur les .............................. du clonage : maltraitance, exploitation sexuelle, .............................. .
**e.** La chute de la nouvelle pose la question des .............................. entre les hommes et leurs clones.
Ces derniers sont-ils moins humains ou doivent-ils avoir les mêmes .............................. que les humains ?

## JE FORMULE MES IMPRESSIONS

**17** Que penses-tu des actes violents commis à l'encontre des clones dans le texte ?
Cela te pose-t-il un problème moral ? Pourquoi ?

AIDE
- Formule ta réponse en utilisant l'une de ces expressions : *selon moi, en ce qui me concerne, pour ma part je…*
- Exprime ton opinion : *je suis révolté(e), choqué(e), offusqué(e), je comprends tout à fait, je n'ai aucun problème avec…*

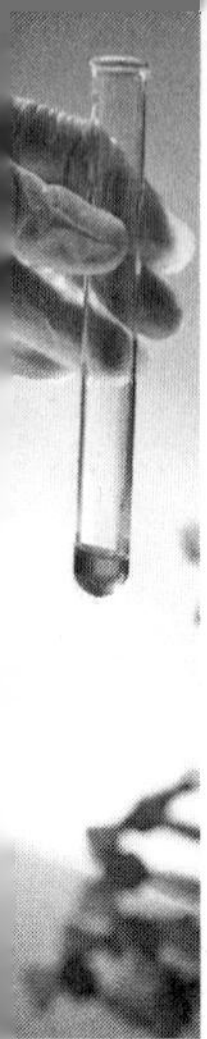



## J'ÉTUDIE LA LANGUE

### Vocabulaire : les synonymes

**18** Entoure l'intrus dans chacune des listes de synonymes. Justifie tes réponses.

**a.** dissidence • rébellion • résignation • révolte
**b.** compassion • cruauté • perversité • sadisme
**c.** duplication • multiplication • prolifération • réduction
**d.** comprendre • s'indigner • justifier • légitimer

### Le niveau de langage

**19** Donne le mot du langage courant correspondant au mot du langage familier.

- bagnole → voiture ……………………
- beigne → ……………………
- dérouiller → ……………………
- prendre le maquis → ……………………
- rafistoler → ……………………
- refourguer → ……………………
- trimballer → ……………………

## J'ÉCRIS

### Écrire une page de journal intime

**20** Julia écrit elle aussi un journal intime.
Imagine une page dans laquelle elle prend la défense des clones.

AIDE
- Indique le moment de l'écriture (ex. : *mardi soir*).
- Emploie la première personne du singulier, des adverbes de temps (ex. : *hier, aujourd'hui*…), les temps du discours (présent, passé composé, imparfait, futur).
- Exprime les émotions de Julia.
- Réutilise des arguments anti-clonage du texte.

## JE LIS L'IMAGE

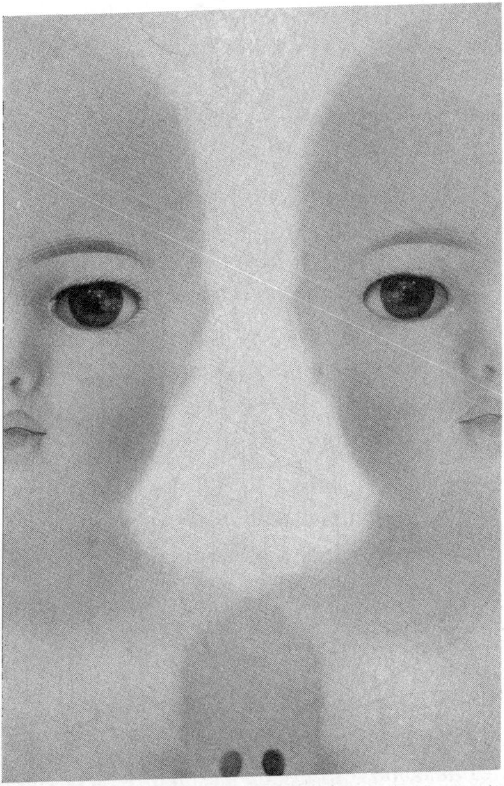

*Les Jumelles*, de Caroline Barbera. Tête de poupée en porcelaine du XXe siècle photographiée (deux diapositives argentiques superposées).

**21** **a.** Décris l'œuvre.
**b.** Quels éléments rendent l'atmosphère inquiétante ou étrange ?
**c.** Explique le lien entre le titre de l'œuvre et la nouvelle « Journal d'un clone ».

# Potentiel humain 0,487

## DEIMOS II : SUR LES PENTES DU MONT OLYMPE[1], LA CITÉ DU FUTUR VOUS ATTEND !

*Bienvenue !*

*Bienvenue à Deimos II, troisième cité martienne par sa population mais première en termes de développement économique ! Située aux abords du fantastique mont Olympe (altitude : 26 kilomètres), Deimos II est aujourd'hui le plus brillant symbole de la prospérité*[2] *martienne. Tout ce que vous pouvez attendre d'une métropole en pleine expansion se trouve ici : un complexe industriel à la pointe de l'innovation, des infrastructures*[3] *ultramodernes offrant toutes les garanties rêvées, un réseau de transports parfaitement sécurisé et des résidences néopyramidales*[4] *tout confort. Votre plaisir ne sera pas oublié : venez découvrir nos trois parcs d'attractions géants et dépenser une partie de votre imposant salaire dans nos célébrissimes casinos-labyrinthes. Ou bien partez en excursion sur les pentes de nos canyons verdoyants, au cœur des plus beaux paysages qu'une planète terraformée*[5] *puisse offrir. N'hésitez plus ! Si, comme nous, vous estimez qu'il est temps de passer à la vitesse supérieure, alors notre ville est celle dont vous avez toujours rêvé.*

---

1. **Mont Olympe :** lieu de résidence des dieux grecs dans la mythologie antique.
2. **Prospérité :** réussite économique.
3. **Infrastructures :** équipements et voies de transport.
4. **Résidences néopyramidales :** immeubles aux formes futuristes rappelant les pyramides.
5. **Planète terraformée :** planète dont les propriétés (climat, surface...) ont été modifiées pour ressembler à la Terre et permettre aux êtres humains d'y habiter.

*Deimos II : quand l'ambition est un art, et la réus… mode de vie.* (Extrait d'un message publicitaire diffusé … annel Ultimate.)

Je m'appelle Oliver. Oliver Tattum, et je suis né sur … e.

Je suis venu sur Mars il y a cinq ans pour chercher du boulot, et figurez-vous que j'en ai trouvé : à Deimos II. Je travaille dans une station-service pour aéronefs[6], quelque part à la périphérie de la ville. Je ne gagne pas beaucoup d'argent : huit mille crédits par mois, ce qui est tout juste suffisant pour payer mon loyer et m'acheter à manger. Mais je ne me plains pas. Mon studio donne sur les canyons et, sur Terre, je gagnais encore moins. Sans parler de la pollution. À Deimos II, au moins, on peut voir le soleil. Il ne faut pas trop en demander.

Donc, je suis garagiste. Si vous avez déjà entendu parler de Mars, vous devez vous demander comment un type intelligent et travailleur comme moi a pu se débrouiller aussi mal. Quand on regarde la télé ou qu'on écoute ce que les gens racontent, on a l'impression que tout le monde est millionnaire sur cette planète. Moi, je fais mes onze heures par jour et je ne vois toujours rien venir. Je ne sais pas. Peut-être que le destin me met à l'épreuve et qu'il attend un peu avant de me faire toucher le gros lot. Ou peut-être que la vie à Deimos II n'est pas aussi géniale que le disent les prospectus.

**6. Aéronefs :** ici, navettes spatiales.

…année dernière, les affaires marchaient douce-…oucettement même, mais enfin elles marchaient. …que notre station-service n'était ni la plus belle …plus moderne de Deimos II. La plupart des habi-…ts de la ville préféraient faire le plein ailleurs. Facile …comprendre : ils avaient leurs propres hangars, leurs propres mécaniciens, leurs propres chauffeurs, et tout ça aux frais de leur entreprise. Les gens qui s'arrêtaient chez nous le faisaient par erreur. Ou bien c'était des étrangers : cadres en mission, extraterrestres en transit, simples touristes.

Je travaillais avec un vieil ami d'enfance appelé Humberdeen. La station, nous l'avions montée avec de l'argent patiemment mis de côté : c'était pour ainsi dire notre bébé. Mais la concurrence était très rude. Les grandes stations des centres commerciaux nous faisaient beaucoup de mal, et le cours du carburant n'arrêtait pas de grimper. Bref, la courbe de notre chiffre d'affaires ressemblait aux pentes du mont Olympe… côté descente.

De temps à autre, l'un de nous deux arrivait avec une nouvelle idée pour essayer de redresser la barre. Nous avions d'abord installé des machines à sous et des distributeurs de boissons. Ça pouvait ressembler à un bon plan. Sauf que des machines à sous et des distributeurs, vous en trouviez à tous les coins de rue, et qu'il n'y avait aucune raison pour que les gens choisissent précisément les nôtres. Nous avions donc songé à des solutions un peu plus imaginatives. Nous pouvions repeindre toute la station aux couleurs des Diables Rapides, l'équipe vedette de fastball[7] (mais c'était illégal). Installer une déviation sur l'embranchement K-73, un peu plus haut vers les montagnes, de sorte que tout le monde aurait été obligé de passer devant chez nous (mais c'était encore plus illégal). Embaucher Lania, la petite amie de Humberdeen, au poste de caissière, en espérant que son sourire adorable compenserait un peu le prix toujours plus élevé du carburant (mais jamais elle n'aurait accepté ça ; et de toute façon, nous n'avions pas de quoi la payer).

Chercher des idées farfelues[8], ça nous occupait et ça nous donnait l'impression que nous maîtrisions la situation. Jusqu'à ce jour, peu avant le nouvel an terrien, où nous procédâmes aux comptes de fin d'année. Je me souviens très bien de cet après-midi-là. La station tournait au ralenti et nous nous étions enfermés, Humberdeen et moi, dans notre petit cabanon de Plexiglas[9], devant notre écran extraplat. Je dictais les chiffres, lui les rentrait. Cela nous prit un bon moment et, à la fin, nous fûmes bien contents d'appuyer sur la touche Enter pour effectuer l'addition. Mais lorsque le total apparut, nous avalâmes tous deux notre salive.

« Ah, fit Humberdeen.

– Oops », ajoutai-je pour dire quelque chose.

Mon ami se prit la tête entre les mains.

---

7. **Fastball :** mot inventé composé de deux mots anglais, *fast* (rapide) et *ball* (balle).
8. **Farfelues :** bizarres.
9. **Plexiglas :** matière plastique.

« Dis-moi qu'on s'est trompés, gémit-il. Dis-moi que c'est un mauvais rêve.

– Je ne peux pas te dire ça.

– Cette fois, soupira Humberdeen, on est vraiment dans la mouise[10]. Il nous reste un mois pour trouver cinquante mille crédits.

– Sinon ?

– Sinon, on sera obligés de fermer. »

Je regardai au-dehors. Fermer la station. Même dans mes pires cauchemars, je n'avais pas imaginé que nous puissions en arriver là. Fermer la station, cela voulait dire trouver un autre travail ou quitter Deimos II car, à part remplir des aéronefs de carburant, je ne savais pas faire grand-chose d'utile. Et quitter Deimos II, cela signifiait revenir sur Terre : une perspective qui ne m'enchantait guère. M'engager dans l'armée ? Je préférais ne même pas y penser.

« Où est-ce qu'on va trouver cinquante mille crédits ? » demandai-je à voix haute.

Humberdeen me regarda comme si je venais de dire un gros mot.

« Si je le savais, répondit-il, je ne crois pas que je travaillerais dans une station-service. »

La journée touchait à sa fin. Humberdeen et moi n'habitions pas très loin l'un de l'autre, et nous avions l'habitude, lorsque notre travail se terminait, d'aller prendre un verre soit chez lui soit chez moi. Mais ce soir-là, chacun rentra de son côté.

---

**10. On est vraiment dans la mouise (familier) :** on manque vraiment d'argent.

Une fois à la maison, je m'installai à la fenêtre avec un énorme jus de goyave transgénique[11] et je regardai les immenses plaines de Mars en écoutant un morceau de musique classique. À perte de vue, des canyons recouverts de végétation dessinaient un réseau chaotique. Le soleil sombrait lentement à l'horizon. Presque sans m'en rendre compte, je me mis à penser à Lania, la copine de Humberdeen. Son visage flottait dans l'air du soir. « C'est drôle, me dis-je. J'ai toujours été amoureux d'elle, mais je ne le comprends vraiment que maintenant. Et je crois bien qu'il est trop tard. »

Intérieurement, je me traitai d'imbécile. Puis je me servis un nouveau verre.

Les jours suivants s'écoulèrent dans une sorte de torpeur[12].

Humberdeen et moi venions au travail en traînant des pieds. Aucun de nous deux n'osait poser à l'autre la question qui l'obsédait : as-tu trouvé quelque chose ? En ce qui me concernait, l'échec était total. J'avais beau me creuser les méninges, impossible de dénicher le moindre embryon d'idée. Vendre des affaires ? Je ne possédais aucun bien de valeur. Emprunter de l'argent ? Je n'avai plus vraiment de famille, et les quelques amis que m'étais faits sur Mars étaient au moins aussi dém que moi. Jouer au casino ? L'idée m'avait tarau moment. Mais si j'avais le malheur de perdre, la deviendrait plus difficile encore.

---

**11. Transgénique :** génétiquement modifié par les scientifiques.
**12. Torpeur :** somnolence.
**13. Taraudé :** tourmenté.

Non, le plus simple était certainement de chercher un autre travail. Avec un peu de chance, les gigantesques stations-service du centre-ville avaient besoin de nouveaux mécaniciens. Après tout, je n'étais pas si mauvais que ça. Ou peut-être que si ? Ou peut-être que personne ne voudrait m'embaucher parce que j'avais eu le malheur de travailler pour une station indépendante. Je commençais à dormir assez mal. Il fallait absolument que je trouve une issue. Plus j'attendrais et plus cela deviendrait compliqué.

Un matin, après y avoir réfléchi toute la nuit, j'arrivai au travail avec une ferme résolution : j'allais démissionner. Bien sûr, Humberdeen prendrait sûrement très mal la chose. Mais avais-je réellement le choix ? Assis derrière ma console de contrôle, je passai la matinée à retourner le problème dans ma tête. De temps en temps, un type arrivait dans son aéroglisseur, et je devais quitter mon fauteuil. Bon sang, mais où était passé Humberdeen ? Lorsque je me rendis compte de son absence, il avait déjà deux heures de retard. Je sentis comme une boule au creux de mon estomac. Un horrible pressentiment était en train de se faire jour. Bon sang, tout était clair ! Humberdeen avait pris les devants. C'était lui qui démis-
nnait, *lui* qui abandonnait son poste. Et moi, je me
ouvais seul avec cette fichue station-service. J'allais
r me débrouiller par moi-même et, avec un peu de
c
ils les huissiers ne tarderaient pas à arriver et ils...

J
êtai net.

Humberdeen venait de faire son apparition.

Pour le coup, mon soulagement fut si intense que j'en oubliai provisoirement toute idée de partir. Mon ami lui-même semblait radieux. Il pénétra dans notre cabanon avec un large sourire de satisfaction. Puis il tapa du poing sur le comptoir et je remarquai que sa main était en métal.

« M… mais… balbutiai-je, hypnotisé.

– Nos ennuis d'argent sont terminés, m'annonça-t-il fièrement.

– Quoi ? »

Il retroussa sa manche et exhiba un superbe bras métallique avec, gravé en lettres bleu acier, un logo futuriste : SyneTech.

« Tu n'as pas fait ça, murmurai-je.

– Bien sûr que si, je l'ai fait. Et si tu veux tout savoir, oui, je me sens un autre homme. Un homme plus riche de trente mille crédits.

– Bonté divine. »

Humberdeen glissa sa carte de crédit dans la fente du distributeur et attrapa une boisson fraîche, qu'il vida d'un trait. Puis il se retourna vers moi et fit claquer sa langue. J'étais partagé entre stupeur et gratitude : je savais très bien ce que trente mille crédits pouvaient signifier pour nous, mais je savais aussi très bien ce qui s'était passé le matin. Mon ami avait vendu son bras à un laboratoire de cybergénétique[14]. On lui avait mis une prothèse[15] en

**14. Cybergénétique :** science qui permettrait de créer un être hybride, mi-homme, mi-robot.
**15. Prothèse :** dispositif qui permet de remplacer un membre manquant.

métal à la place. Et on lui avait donné de l'argent. Pour le gain publicitaire lié au logo. Et l'utilisation éventuelle du membre organique... plus tard.

« Tu es complètement fou, dis-je. Tu as pensé au syndrome de Coppélia[16] ?

– J'étais sûr que tu réagirais comme ça.

– Mais enfin...

– Tss, tss, me coupa-t-il en levant sa main métallique. Pour commencer, l'opération est entièrement sans douleur. Mais en plus de ça, ils te gardent ton bras. Ils le cryogénisent[17]. Et tiens-toi bien, tu as dix ans pour le récupérer. Dix ans, tu te rends compte ! Dans quelques mois, j'irai le rechercher. C'est juste le temps de nous refaire une santé. Quant au syndrome de Coppélia, rien n'a jamais été prouvé. Regarde un peu ça ! »

Il se posta devant moi et me tendit son bras.

« Touche. »

J'avançai une main hésitante. Effleurai le métal brillant. Le contact était lisse, glacé. Il fit bouger ses doigts dans un silence parfait.

« Alors ?

– Je... Je ne sais pas trop, avouai-je.

– Donne-moi ta main.

– Quoi ?

– Donne-moi ta main, je te dis. Je ne vais pas te faire mal. »

---

**16. Syndrome de Coppélia :** expliqué plus bas dans le texte. Coppélia est l'héroïne d'un conte d'Hoffmann intitulé *L'Homme au sable* (1817).
**17. Cryogénisent :** conservent par congélation.

Timidement, je mis ma main dans la sienne. Ses doigts se refermèrent doucement. Il commença à serrer. Je sentis la puissance de sa poigne. Il serra plus fort.

« Hé ! protestai-je. »

Encore plus fort. Cela faisait vraiment mal à présent. Assurément, il aurait pu me broyer les os sans le moindre effort. Je commençai à paniquer.

« Arrête ! » Il relâcha la pression d'un coup et me regarda en souriant.

« Dix fois, me dit-il. Dix fois la puissance d'un bras normal. »

Je repassai derrière mon comptoir et fis mine de pianoter quelque chose sur le clavier. Mais il n'était pas dupe. Il me regardait sans cesser de sourire.

« Qu'en pense Lania ?

– Oh ! Elle trouve ça… intéressant.

– Il n'y a aucun effet secondaire ?

– Pas le moindre. Qu'est-ce que tu veux qu'il m'arrive ? Que je me transforme en robot, comme ils racontent dans les journaux ? »

Il traversa la pièce en mimant une démarche mécanique avec un bruit de ferraille. Iiink, iiink.

« Arrête, dis-je. Ce n'est pas drôle.

– En attendant, répliqua-t-il, je viens probablement de sauver ton travail. »

Je savais que je devais répondre quelque chose mais, pour une raison que je ne pouvais m'avouer, le mot « merci » refusait de passer le barrage de mes lèvres. Finalement, je marmonnai deux ou trois syllabes, et il sembla s'en satisfaire. Je me sentais mal à l'aise. À chaque fois que je regardais son bras, un frisson remontait le long de mon échine. C'était sans doute une question d'habitude.

Le reste de la journée se passa sans incident notoire. En fin d'après-midi, Humberdeen me fit savoir qu'il devait faire une course en ville, et je restai seul à mon poste. Lania vint me rendre une petite visite peu avant la fermeture.

« Humberdeen est là ? »

Je secouai la tête.

« Il est parti il y a une petite heure.

– Mince. »

Elle effleura du doigt un rayon d'accessoires de moteur et se tourna vers moi : fraîche, ravissante, une mèche de cheveux violets ramenée sur son front pâle.

« Pourquoi me regardes-tu comme ça ?

– Je... Pour rien, mentis-je.

– Tout va bien à la station ?

– Eh bien, je crois. »

Où voulait-elle en venir ?

« Et Humberdeen ? »

Je haussai les épaules. Elle s'avança de quelques pas.

« Tu as vu son bras ? » Je hochai la tête.

« Qu'est-ce que tu en penses ? »

Nouveau haussement d'épaules.

« Moi, je trouve ça complètement idiot », dit-elle.

Et elle me laissa là sans plus de commentaires.

La station ne marchait pas trop mal, et je crus tout d'abord que nous en resterions là. Mais près d'un mois après cet épisode, notre bilan était toujours dans le rouge[18] : l'argent ne rentrait pas assez rapidement et nous avions des fournisseurs à payer, de vieilles factures un peu trop vite enterrées. Humberdeen semblait plus soucieux que jamais. Je pouvais me mettre à sa place : il avait vendu l'un de ses bras pour nous tirer d'affaire, et nous étions encore en déficit. Il nous manquait trente mille crédits. Chaque fois que je regardais son membre métallique, je ne pouvais m'empêcher de me sentir coupable. Mais nous évitions soigneusement d'aborder le sujet.

Un matin où je me trouvais seul, Lania me rendit une nouvelle visite. Ses gestes étaient nerveux et elle paraissait fatiguée. Tout ça ne présageait rien de bon.

« Tu sais ce qu'il veut faire ? » me demanda-t-elle de but en blanc sans même me dire bonjour.

« Vendre son autre bras ?

– Pire que ça.

Pire ?

– Sa jambe. »

Elle m'adressa un regard douloureux.

« Oliver, me dit-elle. Il faut à tout prix que tu l'en empêches. »

Je lui promis de faire tout mon possible. Mais au fond de ma conscience, une petite voix désagréable me traitait doucement de menteur. Quelle solution nous restait-il ? J'avais l'horrible impression que tout était déjà écrit.

---

**18. Bilan [...] dans le rouge :** somme des recettes et des dépenses négative, faillite.

Après le départ de Lania, je commençai à réfléchir. Et si moi aussi je vendais l'un de mes membres ? Après tout, qu'est-ce que je risquais ? Toutes ces histoires entendues un peu partout comme quoi les gens qui faisaient ça finissaient par se transformer en robots étaient certainement très exagérées. Le syndrome de Coppélia : encore un truc pour nous faire peur. Trente mille crédits, cela pouvait valoir la peine.

Midi clignota en lettres dorées sur ma montre dermique[19]. Je fermai la station pour deux heures et pris le métro jusqu'au siège de BioFuture, une firme concurrente de SyneTech dont j'avais trouvé les coordonnées dans l'annuaire. J'essayais de ne pas trop réfléchir. Ma décision était prise mais, si je commençais à y penser, je ferais sûrement marche arrière. Arrivé sur la grande esplanade au pied de l'immeuble, je levai les yeux vers le sommet. La hauteur me donnait le vertige. Une voix connue me tira de mes rêveries.

« Oliver ? »

Je sursautai.

« Humberdeen ? Qu'est-ce que tu fais là ?

– C'est plutôt à toi qu'il faudrait poser la question. » Sans rien ajouter, il releva le bas de son pantalon, dévoilant une cheville et un mollet entièrement chromés[20] où scintillait le logo BioFuture.

« C'est Lania qui t'envoie m'espionner ?

– Tu rigoles, dis-je. En fait, je voulais simplement…

– … simplement faire comme moi », termina Humber-

**19. Dermique :** qui concerne la peau.
**20. Chromés :** en métal brillant.

deen avec un sourire féroce. « Cinquante mille crédits, mon petit ami. J'ai préféré prendre les devants. »

Je secouai lentement la tête.

« Humberdeen...

– Quoi ? Tu *voulais* que je le fasse. Tu n'attendais que ça.

– Ce n'est pas...

– Avec cinquante mille crédits, nos ennuis sont définitivement terminés. Et cette jambe, je l'aime, tu comprends ? »

Il passa sa main sur le métal en fermant les yeux.

« Si j'en avais deux pareilles, je pourrais faire des bonds de six mètres de haut. Vingt en longueur. »

J'étais abasourdi.

« Mais tu ne serais plus toi-même, dis-je.

– Qu'est-ce que tu racontes ? répondit vivement Humberdeen. Je suis un être humain. Je le serai toujours. L'âme est à l'intérieur du corps, murmura-t-il en se frappant la poitrine. C'est ça qui est important. Le reste, nos membres... Ils ne sont pas très perfectionnés. Ils vieillissent. Leurs performances sont médiocres. Pense à ça. Si j'avais deux jambes comme celle-ci, je pourrais travailler deux fois plus.

– Pour quoi faire ? demandai-je.

– Je ne sentirais plus la fatigue. »

Je me grattai la nuque en poussant un soupir.

« Promets-moi que c'est la dernière fois », dis-je. Humberdeen m'adressa un clin d'œil et tourna les talons. Je le vis sautiller sur sa jambe métallique. Il était un peu déséquilibré, mais sa démarche était incontestablement plus rapide. Je me sentis soudain très triste.

Le soir même, Lania passa me rendre visite.

Aux traces de maquillage sur ses joues, je devinai qu'elle avait pleuré. Je l'invitai à s'asseoir à mes côtés en face de la grande baie vitrée. C'était comme un rituel pour moi. Le soir tombait doucement sur les plaines, et nous étions probablement des milliers ainsi, renversés sur nos fauteuils, à contempler l'immensité sereine avec au cœur une profonde nostalgie… tous ces canyons autrefois rouge poussière, et désormais si semblables à la Terre.

« Il a changé, fit Lania.

– Je sais.

– Il ne parle que d'argent.

– Je travaille avec lui. Je suis au courant.

– Il dit qu'il pourrait ouvrir une deuxième station en revendant un autre bras. Il dit qu'il pourrait trouver des centaines d'emplois si tous ses membres étaient en métal. »

Je fermai les yeux.

« Oliver », dit Lania en me prenant doucement la main. « Qu'est-ce que je peux faire ? »

Je me tournai lentement vers elle.

« Menace-le, dis-je.

– Hein ?

– Menace-le de le quitter. Dis-lui que tu ne veux pas vivre avec un robot, mais avec un homme.

– Je ne peux pas faire ça, répondit Lania après un long silence.

– Et pourquoi pas ?

– J'aurais trop peur de sa réponse. »

Le temps passait lentement. Nos ennuis à la station-service appartenaient au passé. Nous avions refait la décoration, embauché un assistant pour le nettoyage, acheté une enseigne toute neuve et lancé des offres promotionnelles. Les aéronefs étaient beaucoup plus nombreux à s'arrêter chez nous. Parfois, je regrettais un peu le style rétro de nos vieilles pompes chromées, mais je devais reconnaître que les nouveaux modèles étaient beaucoup plus efficaces. Nous avions également un petit magasin, où nous ne vendions que des marques. Nous portions un uniforme et une casquette à visière. Humberdeen était devenu le vrai patron de la station. Il travaillait comme un dingue, toujours plus et sans la moindre fatigue. Ses membres artificiels avaient décuplé sa force : il était bel et bien capable de soulever une carrosserie entière à main nue. Auprès des clients, son bras métallique faisait toujours sensation. Les enfants étaient fascinés. De temps à autre, il jouait au robot avec eux. Leurs parents regardaient tout ça d'un air amusé. « Papa, est-ce que je peux avoir un bras bionique ? » Les parents souriaient.

Lania avait été bannie des conversations. J'ignorais si elle et Humberdeen étaient toujours ensemble. Lorsqu'elle passait me voir chez moi, elle refusait de m'en parler. Mais elle n'avait pas l'air particulièrement heureuse. Assise dans mon fauteuil, elle sirotait pensivement son jus de goyave transgénique.

« Raconte-moi la Terre », demandait-elle parfois.

Elle était une vraie enfant de Mars, née sur la planète rouge, avec des rêves plein les yeux, des rêves d'océan et de vie tranquille. J'étais de plus en plus amoureux d'elle. Mais le moment de lui dire n'était pas encore venu.

L'argent coulait à flots. Un jour, Humberdeen m'annonça qu'il venait d'acheter une nouvelle station-service et que nous allions monter une chaîne.

« Tu aurais tout de même pu m'en parler, protestai-je. Nous sommes associés, non ? »

Mais au fond, je m'en moquais.

J'avais remarqué que Humberdeen s'était fait greffer une seconde jambe en métal, d'une marque que je ne connaissais pas. Il se promenait toujours en short pour que chacun puisse bien l'admirer. Un jour, une navette quitta notre station sans payer. Humberdeen se lança à sa poursuite et la rattrapa à la course. Personne ne fit de commentaires. La cause était entendue : notre ami était devenu un cyborg[21]. Pour le meilleur et pour le pire.

Un matin, il me proposa de lui revendre mes parts. Je n'hésitai pas longtemps avant d'accepter. Il me les rachetait cinq fois leur prix. Cela me faisait un peu d'argent de côté, au cas où…

« De toute façon, me dit-il, je vois bien que tu ne t'intéresses plus à ton travail. »

Je ne pris même pas la peine de lui répondre. Ces dernières semaines nous avaient vus nous éloigner l'un de l'autre à une vitesse stupéfiante. Nous ne nous adressions presque plus la parole. Terminées, les virées nocturnes

**21. Cyborg :** être mi-homme, mi-robot (voir p. 180, dossier).

dans les bistrots de Deimos II. Humberdeen avait changé. Il était devenu froid, cérébral : un parfait étranger. Il ne s'intéressait plus qu'à la mécanique, à la finance et aux jeux d'argent. Je savais qu'il dépensait une bonne partie de sa paie dans les casinos du centre-ville. Il développait des théories abracadabrantes sur les probabilités[22]. « Seuls les chiffres ne mentent jamais » : voilà ce qu'il disait.

En attendant, je continuais à voir Lania. J'insistais pour la voir. Lorsque j'avais congé, je l'emmenais en promenade sur les contreforts du mont Olympe. Nous avions besoin d'air. Parfois, nous louions une chenille et nous allions observer les ptérosauriens, des monstres sortis tout droit des laboratoires génétiques terriens, plus vrais que nature. Un jour, nous restâmes immobiles pendant de longues minutes à regarder les cercles qu'ils décrivaient dans le ciel. Lania posa doucement sa tête sur mon épaule.

« Tu sais, me dit-elle. Je ne suis plus avec Humberdeen. Plus vraiment. »

Mon cœur se mit à battre plus vite.

« Comment ça ?

– Eh bien ! J'ai laissé passer deux semaines pour voir s'il me rappelait. Et il ne l'a pas fait. Il n'a même pas essayé.

– Lania... »

Des larmes coulaient sur ses joues, venaient mourir sur ses lèvres.

« L'autre jour, poursuivit-elle, je suis passée à la station numéro deux.

22. **Théories abracadabrantes sur les probabilités :** hypothèses loufoques sur ses chances de gagner.

– Celle où je ne vais jamais...

– Celle où tu ne vas jamais. Il était là. Il a dit des choses sur toi... Oh, Oliver !

– Des choses ?

– Il a dit que tu ne réussirais jamais dans ce métier. Que tu n'avais aucune ambition, que tu finirais par mourir de faim. J'ai essayé de te défendre. Je lui ai dit qu'il n'était qu'un imbécile. Je lui ai dit : "Regarde où elle te mène, ton ambition ! Tu es atteint du syndrome de Coppélia, tu t'en rends compte ?" Alors il s'est mis en colère. Il a dit que j'étais comme toi, que je devrais vivre avec toi. Et puis il a donné un violent coup de poing dans le mur avec son bras en métal. Et ça a fait un trou. Il a dit qu'il en avait assez de moi. Que SyneTech lui proposait un poste de consultant technique et qu'il allait certainement accepter au lieu de continuer à se décarcasser pour nous. Je n'ai pas voulu en entendre davantage. »

Pendant un moment, je restai silencieux, un peu désarçonné. J'étais étonné de voir à quel point tout cela m'était étranger. Je regardai droit devant moi, au-delà d'une faille immense, de l'autre côté. Et je songeai « bon sang, c'est comme si Humberdeen était sur l'autre versant ». À présent, il y avait un gouffre entre nous.

Il ne se passa rien ce jour-là entre la douce Lania et moi. Peut-être n'en avions-nous pas vraiment envie. L'ombre de Humberdeen planait sur notre histoire.

Le lendemain, je retournai au travail, et les jours d'après aussi, comme si de rien n'était.

Les choses empiraient, et empiraient encore. Humberdeen s'était fait greffer un second bras. Désormais, il ne lui restait plus aucun membre humain. Seuls le torse et la tête étaient encore d'origine. Les épaules et les hanches étaient sponsorisées par LogiForm et SteelTran. Humberdeen ne prenait plus la peine de mettre de vêtements. Lorsque la chair disparaît, le sentiment de pudeur s'efface. Un matin, une évidence me frappa de plein fouet : mon ami ne possédait plus d'organe reproducteur. Cela aussi, on lui avait enlevé. Plus jamais il ne pourrait avoir d'enfant. Plus jamais il ne pourrait connaître le plaisir avec Lania, ou avec n'importe quelle autre femme. J'étais consterné.

Nos relations devinrent exécrables[23].

Le Humberdeen chromé et bardé de logos qui se tenait devant moi n'avait plus rien d'un être humain. Son regard même avait changé. Il paraissait toujours en avance sur les choses, ou parfois en retard, comme un acteur égaré dans un mauvais film. Il ne semblait plus éprouver aucun sentiment. Il ne se fiait qu'à sa raison, froidement, dans son propre intérêt et dans celui des stations. Il avait ouvert deux autres officines, et elles étaient maintenant sa passion exclusive. Quant au nom de Lania, il était devenu tabou. De toute façon, Humberdeen ne m'adressait quasiment plus la parole. Ou alors pour me donner des ordres. Pourtant, et malgré ce qu'il était devenu, je ne pouvais oublier ce que nous avions vécu ensemble. Je désirais vrai-

**23. Exécrables :** très conflictuelles.

ment l'aider. Le soir venu, je faisais des recherches sur le réseau, sur les cyborgs et sur les sociétés auxquelles mon ami avait vendu ses membres.

CYBORG n. m. Être organique (homme ou animal) à qui l'on a greffé des parties mécaniques. Le cyborg conserve sa conscience d'origine, mais celle-ci peut être altérée par l'adjonction répétée de prothèses. Le sujet perd alors son humanité. Voir « syndrome de Coppélia ».

SYNDROME DE COPPÉLIA Méd. Déficit d'humanité constaté chez certains cyborgs humains. Les sujets perdent leur aptitude à éprouver des sentiments, et se comportent comme de véritables robots. Le syndrome est dégénératif. Il n'existe aucun traitement fiable connu. Origine : Coppélia est un personnage du folklore allemand, un automate dont un pauvre homme exalté tombe tragiquement amoureux, croyant qu'elle est humaine.

Quant aux sociétés auxquelles Humberdeen avait vendu ses membres, les LogiForm, SyneTech et que sais-je encore, je me rendis bientôt compte qu'elles ne formaient qu'une seule et unique entité. Le siège social était le même. Tout remontait à la même source. Sur le coup, je faillis en pleurer. Dans quel monde étrange vivions-nous ? Un monde où la liberté n'était qu'une illusion. Un monde qui vous donnait l'impression de choisir, mais où tous les choix vous ramenaient au même point. En vérité, il n'y avait pas de choix. Pas même de concurrence. Tous les laboratoires cybernétiques de Mars travaillaient main dans la main. Et personne ne semblait s'en soucier. Pas même Lania : lorsque je lui en parlai un soir, elle haussa simplement un sourcil.

« Tu ne savais pas ? »

Non. Non, pauvre naïf que j'étais. Je ne savais pas.

Les jours suivants furent les plus pénibles de toute mon existence. Humberdeen n'avait plus grand-chose d'humain. La froideur de ses membres gagnait maintenant le tréfonds de son âme. Le syndrome de Coppélia le frappait de plein fouet. Son cœur devenait métallique. Il ne riait plus. Il ne pleurait plus. Il ne paraissait plus inquiet, ni enthousiaste. Ma vie l'indifférait[24]. Toutes les vies l'indifféraient. Il devait vaguement savoir que j'étais épris de son ancienne amie, mais il ne me posait jamais de questions. Il avait tout simplement oublié.

Chaque après-midi, peu avant la fermeture, il disparaissait pour aller je ne sais où et, lorsqu'il revenait, il allumait notre écran de contrôle, entrait des séries de chiffres dans l'ordinateur et regardait autour de lui d'un air très calme. D'après ce que j'en savais, notre réseau de stations était désormais coté en Bourse. Notre société gagnait de l'argent même lorsqu'elle était fermée. Des actions changeaient de mains. De riches financiers pariaient sur nous, investissaient de lourdes sommes. Notre chiffre d'affaires n'en finissait plus de grimper. Une nouvelle station s'ouvrait

**24. Ma vie l'indifférait :** ma vie ne l'intéressait pas.

pratiquement chaque semaine. Un succès fulgurant. Les gens faisaient la queue pour venir chez nous : notre décoration était froide, mais nos prix imbattables. La situation excentrée de nos stations évitait aux voyageurs de devoir se rendre jusqu'au centre-ville pour faire le plein. Nous avions un slogan : *CheapTravel. Le voyage pas cher.* Un nom mensonger pour une société qui n'était pas la mienne.

Je me sentais terriblement mal à l'aise. Les nouveaux employés embauchés par Humberdeen étaient tous plus jeunes que moi. Ils étaient dynamiques, ambitieux, efficaces, obstinément ponctuels. La plupart avaient aussi des prothèses. Ils me regardaient de haut, comme une bête curieuse échappée d'un autre âge. Je sentais que Humberdeen envisageait de me mettre à la porte. Peut-être hésitait-il encore un peu. En souvenir du passé ?

De toute façon, j'étais sur le point de donner ma démission. La seule chose positive que m'avait apportée cette désolante affaire, c'était ma relation avec Lania. Humberdeen lui ayant clairement signifié que leur histoire était terminée (d'une voix blanche, monocorde), elle était maintenant libre. Et je sentais qu'elle n'attendait qu'un signe de ma part. Il était grand temps de faire quelque chose de ma vie.

Un soir, Humberdeen revint à la station avec un air préoccupé. Il ne ressemblait plus à un cyborg. Il entra dans mon cabanon et se laissa tomber sur un fauteuil.

« Nous sommes foutus, lâcha-t-il.

– Quoi ?

– Nos actions se sont effondrées[25]. La société ne vaut plus rien. Nous sommes foutus.

– Tu n'es pas sérieux !

– Je suis *toujours* sérieux. »

Le silence tomba entre nous comme un rideau.

Je jetai un coup d'œil à Humberdeen et me mordis les lèvres. Je songeais à ce qu'il avait fait. Il avait vendu son corps pour cette station. Chacun de ses membres, l'un après l'autre. Il avait presque perdu son âme. Et voilà que tout cela partait en fumée. Cet immense sacrifice… pour rien.

Soudain, le cyborg se leva : je me souvenais qu'il avait été mon ami. Je le vis sortir de la station en trombe et se mettre à courir. Je restai un long moment à le regarder filer comme une étoile vers le centre-ville. Puis il disparut. Alors je me levai à mon tour et me lançai à sa poursuite. L'un des employés, qui était devenu mon supérieur, me fit une remarque : « Où pensez-vous aller ? » Mais je ne l'écoutai pas. Quelque chose de terrible était en train de se produire, j'en avais le pressentiment. Je sortis mon téléphone portable et appelai Lania. En deux mots, je lui racontai l'histoire.

« Écoute, me dit-elle. Partageons-nous le travail, d'accord ? Tu fais le quartier des finances et je m'occupe du reste. Nous devons absolument le retrouver. »

Je raccrochai.

---

**25. Nos actions se sont effondrées :** nous avons fait faillite.

Un cyborg au bord du désespoir, cela se remarque, non ?

Mais peut-être pas. Peut-être pas dans le quartier des finances, où tous les gens marchaient comme des robots, le regard vide, sans réfléchir. Petit à petit, je sentis les larmes me monter aux yeux.

Nous cherchâmes Humberdeen pendant six heures. Deimos II était une grande ville, une métropole. Il y avait des dizaines d'endroits où il pouvait se trouver. De temps en temps, je téléphonais à Lania.

« Alors ?

– Toujours rien.

– Oh, Oliver ! Il y a des moments où cet endroit me donne la chair de poule.

– Des moments seulement ? Tu as de la chance. »

Où était Humberdeen ? Autant chercher une aiguille dans une botte d'autres aiguilles. Pourtant, je savais qu'il nous fallait continuer. Et je pense que nous l'aurions fait jusqu'à la fin des temps si nous ne l'avions pas trouvé. Il était près d'une heure du matin lorsque je le dénichai enfin. Ce genre de miracle arrive parfois. Discrètement, j'appelai Lania pour qu'elle vienne me rejoindre.

« Je suis dans un casino, dis-je. Le Kheops.

– J'arrive. »

Nous nous trouvions dans une sorte de hall immense en forme de pyramide. Des tables de jeu étaient disposées en files interminables. Humberdeen était installé à l'une d'elles, très digne. Il était en train de jouer à *3D Random*, une simulation holographique[26] de combat médiéval où chaque endroit conquis valait une certaine somme d'argent et où le mouvement des soldats était déterminé par le hasard. Il n'y avait qu'à regarder ses soldats à lui pour comprendre qu'il perdait.

« Il faut arrêter ça, me glissa Lania.

– Ça ne va pas être facile », dis-je.

Autour de la table, des badauds[27] faisaient cercle, un petit sourire aux lèvres. La débâcle de Humberdeen les attirait comme la charogne attire les vautours. Sans doute attendaient-ils qu'il se passe quelque chose. Que cet étrange cyborg s'effondre ou se mette à tournoyer sur lui-même en poussant des hurlements métalliques. Lania avait raison. Nous devions mettre un terme à tout ça. Fendant la foule, je m'avançai au premier rang et posai une main sur son épaule d'acier. Il ne se retourna pas.

« Humberdeen.

– Je joue, répondit-il.

– Tu joues quoi ? Tu n'as plus d'argent.

– J'ai encore quelque chose à jouer », répondit-il en regardant ses adversaires.

L'un des gros types en face de lui m'adressa un clin d'œil. Lania avait pris ma main dans la sienne. Nous regardions, hypnotisés. Humberdeen ne jouait pas très bien. Son compteur personnel indiquait moins cent vingt mille crédits. Il se débattit encore un moment, en pure perte.

**26. Simulation holographique :** méthode qui permet de projeter une image photographique en relief.
**27. Badauds :** curieux, attirés par le spectacle.

Rien ne pouvait plus le sauver maintenant. Lorsque la partie fut définitivement terminée, le gros type se leva. Humberdeen baissa la tête comme un adversaire vaincu.

« Bon, fit le gros type. Je suis désolé, mais tu vas devoir venir avec moi. »

Humberdeen se leva à son tour et commença à le suivre. L'attroupement se dispersa.

« Qu'est-ce qui s'est passé ?

– C'est le cyborg. Il a tout perdu.

– Et alors ?

– Alors, il appartient à l'autre, maintenant.

– Comment ça, “appartient” ? »

Lania resta quelques instants immobile, puis courut vers le gros type et l'attrapa par une manche.

« Attendez, dit-elle. Quand est-ce qu'il vous faut cet argent ? »

L'homme nous adressa un regard méprisant.

« De quoi je me mêle ?

– C'est notre ami, fis-je en désignant Humberdeen.

– Oh, lui ? Ne vous faites pas de souci, tout est en règle.

– Qu'est-ce que ça veut dire ? demandai-je, notant l'écusson SyneTech sur son blouson. Vous l'emmenez avec vous ? Mais pour quoi faire ?

– Écoutez, répondit le gros type en attrapant notre ami par l'épaule, moi, je n'ai forcé personne. Ce n'est pas de ma faute si votre copain a mal joué. »

Humberdeen hocha doucement la tête.

« Laissez-le tranquille ! » s'écria Lania.

Humberdeen la regarda droit dans les yeux et, l'espace d'un instant, je crus voir une étincelle de compréhension s'allumer dans ses prunelles. Mais, très vite, il détourna la tête, et le gros type reprit son chemin. Il fallait trouver quelque chose. Tout de suite.

« Nous avons l'argent », dis-je.

Mensonge. Qu'est-ce qui m'avait pris ?

« Pas besoin d'argent », soupira le gros type en se retournant une dernière fois vers nous. « Vous ne comprenez pas ? Toutes ses dettes sont là ! »

Il désigna les bras et les jambes de Humberdeen.

« Quoi ?

– Votre ami s'est vendu lui-même. Ses membres appartiennent à notre société. Il fera un excellent robot d'entretien. »

Le gros type attrapa un agent de sécurité qui passait par là et nous désigna d'un hochement de menton.

« Ces messieurs-dames troublent ma tranquillité, grogna-t-il. Je suis un homme d'affaires respectable. »

On nous fit comprendre qu'il était inutile de continuer à discuter. Impuissants, nous regardâmes s'éloigner Humberdeen et son nouveau propriétaire.

Lania se mit à pleurer et je sentis une grosse boule remonter dans ma gorge. Pas une seule fois le cyborg ne se retourna. C'était la dernière fois que nous le voyions.

Quelques semaines plus tard, Lania prit ses affaires et vint s'installer chez moi.

La société CheapTravel avait été vendue, mais nous gardions la station d'origine. Un notaire commis d'office nous expliqua que celle-ci m'appartenait. Humberdeen l'avait mise à mon nom quelques semaines auparavant et, à ce titre, elle échappait au rachat massif. J'avais du mal à en croire mes oreilles. Lania paraissait tout aussi étonnée que moi.

« À mon nom, répétai-je. Mais pourquoi ?

– Allez savoir. »

Le notaire fouilla dans ses documents et me donna la date exacte. J'essayai de me souvenir, mais cela ne donna rien. Un jour, il avait eu cette idée. Pourquoi ? Comment ? Nous ne le saurions jamais.

Peu à peu, je repris le travail. Lania devint mon associée. Notre station était redevenue une station comme les autres. Nous ôtâmes l'enseigne CheapTravel, et nos prix redevinrent normaux, c'est-à-dire assez chers. Notre chiffre d'affaires ne tarda pas à replonger. Mais je préférais largement ça.

D'Humberdeen, nous ne reçûmes plus la moindre nouvelle. Nous pensions souvent à lui. Lorsque nous apercevions quelqu'un avec une prothèse. Lorsque nous regardions les logos des sociétés clignoter au-dessus de la ville. Lorsque nous voyions des soldats cyborgs se faire massacrer aux informations. Son souvenir nous obsédait. À la fin, nous embauchâmes un avocat pour savoir ce qu'il était possible de tenter. Cela nous coûtait assez cher, mais nous voulions en avoir le cœur net. Pouvait-on acheter un cyborg – même avec son consentement –, pouvait-on acheter un être doué de conscience comme un vulgaire robot ?

Un jour, notre avocat nous téléphona pour nous dire qu'il avait du nouveau.

« J'ai une mauvaise nouvelle pour vous.

– Allez-y.

– Eh bien, voilà. Il apparaît que le matin même du jour de sa disparition, votre ami s'est soumis à un test de PH.

– Qu'est-ce que c'est ?

– Potentiel humain. C'est un questionnaire émotionnel. Il détermine votre place sur une échelle d'humanité allant de 0 à 1. À 0, vous êtes un caillou. À 1, vous êtes quasiment télépathe. Les gens comme vous et moi se situent, disons, entre 0,8 et 0,95. À partir de 0,5, on vous considère comme un humain à part entière. En dessous, vous devenez un robot. Et en tant que robot, vous avez une valeur marchande. Vous pouvez vous vendre.

– Incroyable.

– Mais parfaitement légal. Et vous voulez savoir le pire ?

– Je ne suis pas sûr.

– Votre Humberdeen a obtenu un PH de 0,487. À treize millièmes près, il restait un humain. J'ai eu au téléphone le professeur qui lui a fait passer le test et, pour lui, il n'y a aucun doute : votre copain a triché. Il aurait pu avoir plus. Il a fait exprès de se faire passer pour un robot. Tout ça dans le but de se vendre. Il faut vraiment avoir un grain pour faire un truc pareil. »

Je raccrochai.

Sans un mot, je pris la main de Lania. Nous marchâmes jusqu'à la baie vitrée.

L'humanité n'est pas qu'une affaire de prothèses. Si Humberdeen était devenu un cyborg, c'était aux ingénieurs de SyneTech qu'il le devait. À eux, et à cette horrible cité, où seul l'argent avait vraiment une importance.

Devant nous, le tapis vert[28] des nouvelles plaines martiennes s'étendait à perte de vue. Mais je ne pouvais oublier ce qu'avait été cette planète autrefois : un gigantesque désert. À la mesure du cœur des hommes.

Fabrice Colin, « Potentiel humain 0,487 », *Les Visages de l'humain*,
© Mango jeunesse, coll. « Autres mondes », 2001.

**28. Tapis vert :** jeu de mot, le tapis vert faisant référence à la végétation, mais aussi au tapis des tables de jeux d'argent dans les casinos.

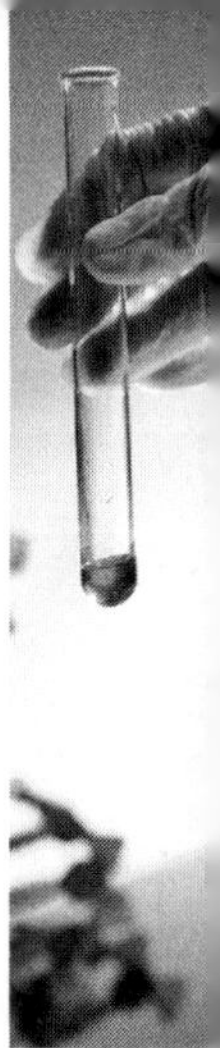



# QUESTIONS SUR « POTENTIEL HUMAIN 0,487 »

## AI-JE BIEN LU ?

**1** Vrai ou Faux ? Coche la bonne réponse.

| | VRAI | FAUX |
|---|---|---|
| **a.** Deimos II est une mégalopole située sur Terre. | ☐ | ☐ |
| **b.** Le narrateur du récit est Oliver Tattum, né sur Terre. | ☐ | ☐ |
| **c.** Oliver Tattum et son ami d'enfance travaillent dans une station-service pour aéronefs. | ☐ | ☐ |
| **d.** Au début du récit, Lania est la fiancée d'Humberdeen. | ☐ | ☐ |
| **e.** Pour résoudre ses problèmes financiers, Oliver Tattum vend ses membres. | ☐ | ☐ |
| **f.** Le test de PH est un questionnaire qui détermine si vous êtes un être humain ou un robot. | ☐ | ☐ |
| **g.** Humberdeen a le P. H. d'un robot. | ☐ | ☐ |

## J'ANALYSE LE TEXTE

### La cité du futur

**2** La nouvelle débute par un message publicitaire (l. 1-21).
**a.** Que cherche-t-il à promouvoir ?
**b.** Relève les termes mélioratifs, c'est-à-dire valorisants, qui vantent le « produit ».
**3** **a.** Dans quel lieu l'action se déroule-t-elle ?
**b.** À quelle époque ? Justifie tes réponses en citant le texte.

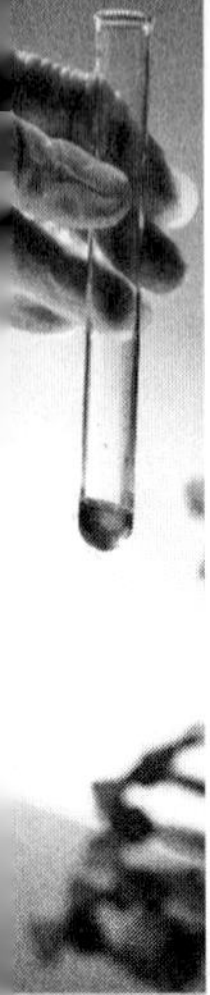



## Humberdeen, l'homme cyborg

**4** Au cours de la nouvelle, à quoi Humberdeen renonce-t-il ? Qu'obtient-il en échange ?
Pour répondre, classe les étiquettes dans le tableau.

deux bras et deux jambes | une deuxième station-service | Lania | l'admiration des enfants | beaucoup d'argent | une grande force | la société CheapTravel | se reproduire | ses émotions | s'apparten

| Humberdeen renonce à… | Il obtient… |
|---|---|
| ………………………… | ………………………… |
| ………………………… | ………………………… |
| ………………………… | ………………………… |

## Une réflexion sur l'identité humaine

**5** **a.** Après avoir relu la définition du « syndrome de Coppélia » aux lignes 547-554, explique la métaphore « cœur métallique » (l. 575).

**b.** Quel autre symptôme prouve qu'Humberdeen perd son identité humaine (l. 575-580) ?

**6** Selon toi, pourquoi Humberdeen joue-t-il à 3D Random ? Coche les bonnes réponses.

- ☐ pour gagner de l'argent
- ☐ parce qu'il adore la chevalerie
- ☐ parce qu'il se sent invincible dans son nouveau corps
- ☐ parce qu'il mélange monde réel et virtuel

**7** **a.** Pour quelle raison Humberdeen aurait-il triché au test de PH selon le professeur ?

**b.** Explique le titre de la nouvelle.

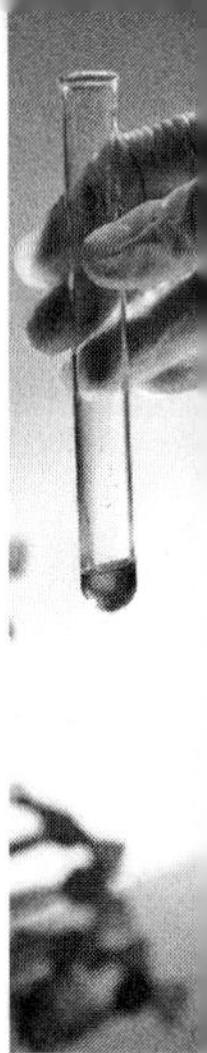



❽ Selon Oliver, qu'est-ce qui a poussé son ami à devenir un robot ?

❾ **a.** Pourquoi Oliver préfère-t-il les canyons rouges de Mars aux nouvelles plaines verdoyantes ?

**b.** Quelle image finale traduit ce que pense Oliver de la nature humaine (l. 818) ?

❿ Selon toi, cette nouvelle est-elle une dystopie ? Justifie ta réponse.

> INFO+
> Le mot **dystopie** vient du grec *dus* (« mauvais ») et *topos* (« le lieu »). Il signifie contre-utopie, c'est-à-dire le contraire du lieu idéal. Il désigne un récit de science-fiction dans lequel une société qui paraît idéale entraîne le malheur de ses habitants.

## JE FAIS LE BILAN

⓫ Complète le texte avec les mots-clés.

cœur | corps | cyborg | dystopie | environnement | esprit | Humberdeen | nature humaine | Coppélia

**a.** La nouvelle a pour héros .................................. , un homme qui se transforme en .................................. pour résoudre ses difficultés financières et gagner toujours plus d'argent.

**b.** Peu à peu, ses amis le voient renoncer à son ...................... , son .................................. et son .................................. , car il est atteint du syndrome de .................................. .

**c.** La nouvelle est une .................................. : elle propose une réflexion sur la .................................. , poussée par le désir de vouloir toujours plus de richesses jusqu'à rendre artificiels l'homme et son .................................. .

## JE FORMULE MES IMPRESSIONS

**12** Que penses-tu de cet argument par lequel Humberdeen se justifie d'avoir vendu sa jambe ?

> « Je suis un être humain. Je le serai toujours. L'âme est à l'intérieur du corps [...] C'est ça qui est important. Le reste, nos membres... Ils ne sont pas très perfectionnés. Ils vieillissent. Leurs performances sont médiocres. Pense à ça. Si j'avais deux jambes comme celle-ci, je pourrais travailler deux fois plus. » (l. 358-364)

AIDE

- Formule ton opinion en commençant par : *selon moi, en ce qui me concerne, pour ma part, à mon avis...*
- Organise tes idées au moyen de connecteurs logiques : *tout d'abord, de plus, en outre, d'un côté, toutefois, néanmoins...*
- Tu peux nuancer ta pensée (ne pas être totalement d'accord, l'être à certaines conditions...).

## J'ÉTUDIE LA LANGUE

### Vocabulaire : les néologismes

INFO+

- Dans les récits de science-fiction, on trouve des mots scientifiques existants et d'autres inventés : ce sont des **néologismes** (du grec *neo*, « nouveau », et *logos*, « mot »). Le lecteur en devine le sens à partir de la composition du mot.
- Pour composer un néologisme, on peut ajouter au radical un préfixe (élément placé devant le mot) ou un suffixe (élément placé derrière le mot).

**13** **a.** Comment le mot « cybergénétique » est-il composé ?
**b.** Explique son sens (aide-toi du dictionnaire).

**14** Relie le préfixe au mot correspondant, puis relie le mot à sa définition.

| | | |
|---|---|---|
| aero (air) • | • holographie • | • qui n'habite pas sur la Terre |
| extra (hors de) • | • transgénétique • | • appareil volant |
| holo (entier) • | • aéronef • | • qui a la forme d'une pyramide du futur |
| neo (nouveau) • | • extraterrestre • | • photo d'un objet ou d'un être en trois dimensions |
| trans (au-delà) • | • néopyramidal • | • manipulé génétiquement |

## JE ME DOCUMENTE

**15** Choisis une innovation médicale :
- lentille intelligente ;
- prothèse contrôlée par la pensée ;
- exosquelette ;
- puce neuronale ;
- épiderme imprimé en 3D...

Fais une recherche sur cette innovation et présente-la à la classe.

AIDE
- Recherche des informations sur Internet ou au CDI :
  - émissions de radio ;
  - magazines spécialisés (par exemple, *Science et Avenir*, *Science et Vie*)...
- Organise les informations sélectionnées selon un plan :
  ① Définition
  ② Fonctionnement
  ③ Application à l'être humain pour augmenter ses capacités
  ④ Améliorations et risques envisagés

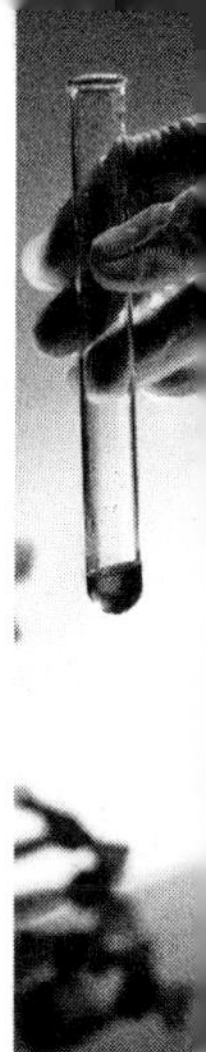

## JE LIS L'IMAGE

**16** **a.** Décris les trois personnages de l'image.
**b.** D'après toi, quel est le rôle de chacun ?
**c.** Est-ce que ce sont des robots ou des cyborgs ?
Justifie ta réponse.

**17** Cette situation te paraît-elle plausible dans un avenir proche ?

**18** Quel lien peux-tu faire avec « Potentiel humain 0,487 » ?

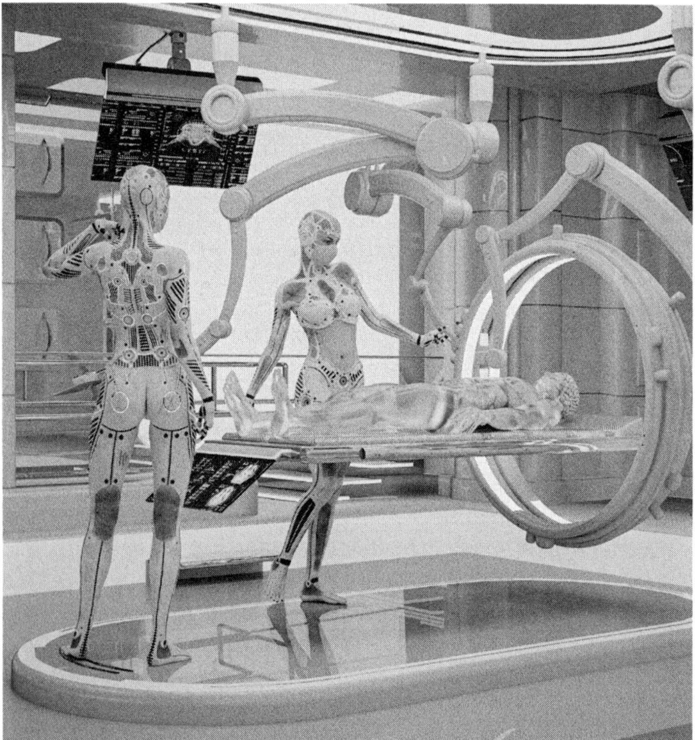

# Clarisse

## 1

« Il est... magnifique, bredouilla Selma en versant des larmes de bonheur. »

La jeune femme prit le bébé dans ses bras et lui caressa tendrement la joue. Greg, son compagnon, était aussi ému qu'elle.

« Regarde chérie », murmura Selma en s'agenouillant devant sa fille. « C'est Orion[1], ton petit frère. »

L'enfant tendit timidement la main et toucha le bras du bébé.

« Depuis le temps qu'on lui en parle ! » soupira Greg.

Cinquante-six bébés avaient été livrés sur la base lunaire Armstrong. Leurs parents les réceptionnaient avec fébrilité[2] et se prêtaient de bonne grâce à la procédure d'identification.

« Je trouve qu'Orion a vos yeux », nota Oxiane, la généticienne, en s'adressant à Selma.

En 2072, environ quarante mille hommes et femmes vivaient en permanence sur la Lune. Ils travaillaient dans des chantiers miniers, des laboratoires scientifiques ou des observatoires spatiaux qui, tous, appartenaient à la

**1. Orion :** chasseur géant dans la mythologie grecque ; constellation céleste.
**2. Avec fébrilité :** avec une grande impatience.

Confédération américano-européenne. L'un des principaux problèmes rencontrés par les Luniens était leur impossibilité à concevoir un enfant sur ce satellite. Après plusieurs années de recherche, les scientifiques avaient conclu que l'absence du magnétisme terrestre et la faible pesanteur[3] devaient être les principales causes entravant le développement des embryons dans le ventre des mères. Après des millions d'années d'évolution sur la Terre, l'homme découvrait avec stupéfaction qu'il ne pourrait s'affranchir[4] facilement de son « berceau » originel.

Toutes les tentatives de procréation[5] sur la Lune s'étant soldées par des échecs, la Confédération avait dû se résoudre à faire concevoir les enfants des Luniens sur Terre. Selma, par exemple, avait subi un an plus tôt un prélèvement d'ovules. Greg, de son côté, avait confié son sperme aux généticiens[6]. Réalisée à Paris dans les laboratoires de la Confédération, la fusion des deux cellules avait donné un œuf, puis un embryon, qui avait été implanté dans l'utérus d'une mère porteuse[7]. Neuf mois plus tard, Orion naissait.

Pour acheminer les bébés sur la Lune, la Confédération faisait souvent appel à Oxiane. Spécialiste de l'identifi-

3. La pesanteur sur la Lune est environ six fois inférieure à celle de la Terre, si bien que les corps humains semblent flotter dans l'air.
4. **S'affranchir :** se libérer totalement.
5. **Procréation :** enfantement.
6. **Généticiens :** médecins spécialisés en génétique, réalisant notamment la procréation médicalement assistée (PMA).
**PMA :** prélèvement d'ovules et de sperme sur les futurs parents, puis union des cellules et développement d'embryons en laboratoire.
7. **Mère porteuse :** femme qui porte dans son ventre le bébé d'autres parents pendant les neuf mois de gestation.

cation par l'analyse comparée des ADN[8], la jeune femme avait pour mission de contrôler les empreintes génétiques des couples afin de s'assurer que les bébés étaient bien « livrés » à leurs parents biologiques. Elle aimait beaucoup les instants de bonheur qu'elle partageait avec les familles réceptionnant les enfants. Elle se comparait en souriant aux cigognes qui, dans les contes de l'ancien temps, transportaient les nouveau-nés jusqu'à leur futur foyer. Ce travail occasionnel la changeait agréablement des analyses d'empreintes génétiques qu'elle effectuait régulièrement pour la police.

« Oxiane… » murmura Greg en entraînant la jeune femme dans un recoin isolé. « J'ai un service à vous demander.

– Si je peux vous aider… répondit la généticienne.

– Voilà… c'est un peu délicat. Je sais que vous êtes très prise… mais si vous pouviez rendre visite à ma sœur à votre retour sur Terre. Elle habite à Paris et elle m'a appelé avant-hier en me suppliant de l'aider. Vous êtes exactement la personne qu'il lui faut pour… »

Greg s'interrompit.

« Pour ?

– Je ne peux pas vous expliquer son problème… Elle le fera elle-même. Voici ses coordonnées.

– Mais elle habite dans les catacombes[9] ! sursauta Oxiane.

---

**8. ADN (sigle d'acide désoxyribonucléique) :** molécule qui recueille les caractéristiques génétiques de chaque individu.
**9. Catacombes :** grottes et tunnels souterrains qui servaient de sépulture aux défunts dans l'Antiquité.

– Ce n'est peut-être pas un lieu que vous avez l'habitude de fréquenter… Mais je vous en prie, rendez-lui visite. Il s'agit d'un problème grave… très grave. »

## 2

Oxiane contemplait d'un air vague la Terre à travers le hublot de sa cabine. Elle était trop préoccupée pour admirer le spectacle qui s'offrait à elle.

« Atterrissage sur la base de Roissy dans trente minutes », retentit la voix du pilote.

Elle activa son Trans[10] et composa le numéro que lui avait confié Greg.

« Allô ? Oxiane Milocz à l'appareil.

– Oxiane Milocz ? réagit une voix enrouée.

– Elle-même. Votre frère Greg m'a transmis votre numéro en expliquant que vous désiriez me voir.

– Oh ! Je n'y croyais plus… Merci ! Merci de tout cœur ! Quand pouvez-vous venir ?

– C'est-à-dire… Je vous appelle de la navette qui me ramène sur Terre et…

– Je vous en prie… Venez vite… C'est important… »

La jeune femme hésita un instant, puis elle se remémora le ton insistant de Greg.

« Eh bien… Je peux passer avant de regagner mon domicile, si vous le souhaitez. Disons, dans une bonne heure…

– Quelqu'un vous attendra à votre arrivée dans la station principale des catacombes.

---

**10. Trans :** smartphone du futur.

– Entendu… Je porte une combinaison orange et mes cheveux sont bleu marine.

– À tout à l'heure… se réjouit la femme. Et merci… merci beaucoup… »

Oxiane désactiva son Trans et réfléchit au rendez-vous qu'elle venait de confirmer.

« Les catacombes ! soupira-t-elle. Dans quoi me suis-je embarquée ? »

À la sortie de la base de Roissy, la jeune femme s'engouffra dans un taxi-navette qui la conduisit place Denfert-Rochereau, au cœur de Paris. Elle régla la course et gagna l'accès aux catacombes, sorte de cité souterraine où des milliers de Parisiens indigents avaient, depuis une vingtaine d'années, trouvé refuge. Enfant, elle avait pénétré une fois dans cette gigantesque fourmilière, et en avait gardé un souvenir désagréable. Elle entra dans un ascenseur public, se tassa contre une des parois et attendit que les portes se referment. La plupart des individus qui l'entouraient portaient sur leur visage les stigmates[11] d'une vie difficile. Misérablement vêtus, ils poussaient de lourds bagages remplis d'accessoires variés achetés sur les marchés pauvres des banlieues parisiennes.

Après quelques secondes, l'appareil vibra et crissa comme pour annoncer une descente aux enfers. Cent mètres plus bas, lorsque les portes s'ouvrirent, Oxiane eut l'impression de pénétrer dans un monde en perdition : des centaines de personnes en haillons s'agitaient

**11. Stigmates :** marques physiques d'une vie difficile (cicatrices, plaies…).

et criaient dans un vaste hall mal éclairé afin de signaler leur présence aux nouveaux arrivants. La jeune femme eut un mouvement de recul. Mauvais air conditionné, clameurs incessantes... cette pitoyable cour des Miracles du XXI$^{e}$ siècle était hélas conforme à ses souvenirs d'enfant. Elle avança prudemment, espérant se faire rapidement reconnaître par la personne venue la réceptionner.

« Oxiane Milocz ! Oxiane Milocz ! » entendit-elle soudain.

Elle se retourna et chercha l'auteur des appels.

« Je suis là ! » reprit la voix.

Oxiane baissa les yeux et découvrit un enfant d'une dizaine d'années.

« Je m'appelle Sourl. Sourl Bayon. Je suis le neveu de Greg. Je viens vous chercher. »

La jeune femme resta abasourdie. Le garçon lui saisit une main et l'entraîna à l'écart de la foule.

« Il y a toujours beaucoup de monde à l'arrivée des Aériens, expliqua-t-il. Mais je n'ai pas eu de problème pour vous reconnaître. Vous êtes riche ?

– Euh... C'est-à-dire... Je gagne ma vie normalement... Sans plus.

– Ne vous inquiétez pas... Je ne vous demanderai pas d'argent. Maman n'aime pas ça. Venez... Personne ne vous fera de mal... »

Les catacombes consistaient en un dédale[12] de larges souterrains éclairés en permanence par une lumière artificielle presque aveuglante. Quinze niveaux d'habitation

**12. Dédale :** labyrinthe.

abritaient la population. Des aéroglisseurs filaient dans ce labyrinthe sans se préoccuper des piétons.

« Il y a souvent des accidents, expliqua Sourl. L'autre jour, une panne d'électricité a provoqué des carambolages et des scènes de pillage qui ont fait cinquante-deux morts. »

Oxiane suivait le garçon en regrettant mille fois de s'être jetée dans une telle aventure. Les artères[13] lui paraissaient interminables. Tous les trente mètres, des tunnels sombres s'échappaient des flancs des vastes couloirs.

« De vrais coupe-gorge ! lui dit Sourl. Ils servent de refuges aux voyous. Il y a cent vingt-deux bandes rivales dans les catacombes. Elles se planquent dans ces boyaux[14]. »

Oxiane avala sa salive.

« Et la police ? demanda-t-elle.

– Ah… oui… j'oubliais ! Avec la police, ça fait cent vingt-trois…

– Écoute, petit, réagit Oxiane. Je n'ai pas envie de finir mes jours ici. Où m'emmènes-tu ?

– On arrive ! la rassura Sourl. Ne vous inquiétez pas ! Tant que je suis avec vous… vous ne risquez rien ! »

Le garçon s'arrêta devant un boyau semblable aux autres. Il désigna le nombre 1 056 gravé sur le fronton.

« C'est ici. Suivez-moi ! »

Il s'engagea à quatre pattes dans le couloir sombre. Oxiane n'avait pas d'autre choix que de le suivre.

---

**13. Artères :** voies de communication (sens figuré).
**14. Boyaux :** chemins plus étroits.

« Si on m'avait dit que je crapahuterais dans des trous de rats… » s'énerva-t-elle.

Elle s'agenouilla et avança comme elle put. De temps en temps, elle s'arrêtait et tendait l'oreille pour s'assurer que le garçon progressait devant elle. La pénombre fit bientôt place à une semi-obscurité, puis, après un angle, une lueur inonda brutalement le conduit. Une vaste alvéole[15] creusée dans la roche apparut.

« On est arrivés ! » s'exclama Sourl.

Oxiane poussa un soupir de soulagement. Parvenue au bout du tunnel, elle se redressa et dépoussiéra ses habits.

« Bienvenue dans notre humble demeure, grinça une voix enrouée. J'espérais tellement votre arrivée ! »

Oxiane leva la tête et découvrit une femme brune d'une cinquantaine d'années, le teint sombre, revêtue d'une vieille combinaison déchirée.

« Votre frère Greg m'a dit qu'il y avait urgence, déclara la généticienne. Puis elle ajouta d'un ton pressé : Pourquoi m'avez-vous fait venir ?

– Pour Clarisse… répondit la femme, émue. Nous l'avons recueillie il y a un mois. Venez… Elle est derrière cette tenture. Vous pouvez approcher. »

Oxiane avança, tira l'épais rideau et… resta pétrifiée.

« Une chimère… humaine », balbutia-t-elle.

La créature était étendue sur un matelas de fortune. Ses yeux étaient fermés et elle respirait difficilement.

**15. Alvéole :** cavité, renfoncement.

« Je crois qu'elle n'en a plus pour très longtemps, soupira la femme.

– Comment est-elle arrivée... jusqu'ici ?

– Nous l'avons trouvée un jour devant notre tunnel, enveloppée dans une sorte de djellaba qui lui voilait le corps. Elle était déjà très malade. Elle a dû passer par les égouts. Elle sentait si mauvais quand on l'a découverte ! »

Sourl s'approcha en silence. À son regard embué, Oxiane devina la place que la créature avait prise dans son cœur.

« Mon fils jouait souvent avec elle... confirma la mère de l'enfant. »

Oxiane avança pour mieux observer la tête de la créature. Les tempes et le pourtour des yeux étaient recouverts de poils bruns et rêches. Du crâne émergeaient de longs cheveux châtains apparemment soyeux. La partie inférieure du visage était la plus difficile à décrire : une sorte d'amalgame entre la gueule d'un singe et la bouchc d'une jeune humaine. La taille de la créature était celle d'une femme moyenne. Sur son long bras droit velu était tatoué un nom qu'elle n'eut pas de peine à reconnaître : Clarisse. Elle approcha la main.

« Ne la touchez pas ! cria Sourl en s'interposant.

– Calme-toi, répondit sa mère. Mademoiselle Milocz est venue pour nous aider.

– Elle... peut parler ? demanda Oxiane.

– Elle n'a jamais prononcé un mot. Elle s'exprime par des gestes ou par des mimiques... Mais Sourl pourra vous le dire : elle semble deviner les choses. C'est même assez troublant. Une sorte d'instinct intelligent... Par exemple, il y a une heure, elle a ouvert les yeux et elle s'est agitée, comme si elle pressentait votre venue. Vous allez me trouver complètement folle, mais j'ai l'impression qu'elle n'est pas arrivée ici par hasard. Comme si elle avait cherché à nous rencontrer... »

Sur ces derniers mots, les paupières de Clarisse commencèrent à s'entrouvrir. La créature dévoila ses yeux dans un ultime effort. Elle croisa le regard d'Oxiane et la fixa un long moment.

« On dirait... qu'elle veut me dire quelque chose... »

De son visage émanait une profonde détresse. Sa respiration se fit soudain plus lente. Ses yeux se tournèrent vers le plafond... puis plus rien. Plus un souffle, plus un frémissement.

« C'est fini... lâcha la femme en serrant Sourl contre son ventre. »

Elle consola l'enfant, secoué par de lourds sanglots.

« Elle était trop malade. On lui a apporté tout ce qu'on pouvait... »

Le garçon se leva et disparut dans les souterrains en pleurant. Oxiane resta immobile devant la défunte. Jamais elle n'avait imaginé rencontrer un jour une telle créature.

*Comment est-ce possible ? se demanda-t-elle. La création de chimères humaines a toujours été interdite, et les rares chercheurs qui ont outrepassé les règles ont été radiés*[16] *et condamnés à de lourdes peines de prison.*

---

**16. Radiés :** renvoyés de l'ordre des médecins, non autorisés à exercer à nouveau la médecine.

Elle souleva le drap qui recouvrait Clarisse : son corps était à dominante simiesque[17].

« Pourquoi n'avez-vous pas appelé la police... ou un hôpital ?

– Elle levait souvent son index et le plaçait devant sa bouche pour nous faire comprendre qu'il fallait garder le silence sur son arrivée, répondit la femme. Chaque fois qu'elle faisait ce geste, ses yeux exprimaient une terreur qui nous donnait la chair de poule. Quand elle entendait les policiers patrouiller dans les souterrains, elle se mettait à trembler comme une feuille. Et puis, il y a quelques jours, son état s'est subitement aggravé. Je ne savais plus quoi faire. Alors j'ai appelé Greg, qui m'a parlé de vous. Il m'a promis qu'il vous demanderait de nous aider... »

La femme ferma lentement les paupières de la chimère, puis se tourna vers Oxiane.

« Il faut trouver les salauds qui l'ont créée... lâcha-t-elle d'une voix grave. »

## 3

Dans le taxi-navette qui la ramenait à son domicile, Oxiane réfléchissait à son étrange rencontre. Le visage de la créature ne cessait de la poursuivre.

*Clarisse s'est enfuie du laboratoire qui l'a conçue, se dit-elle. Ça ne fait aucun doute. Puisqu'elle voyait dans la police un danger*

**17. Simiesque :** qui ressemble au singe.

*potentiel, pas question que je leur communique ma découverte. Je mènerai mon enquête seule… discrètement.*

Elle frémit un instant en réalisant qu'elle s'engageait dans une enquête à haut risque. *Depuis un mois, le laboratoire responsable a dû tout mettre en œuvre pour retrouver Clarisse. Pas facile pour eux… Les catacombes sont immenses. Je vais utiliser l'effet de surprise pour remonter la piste.*

Le taxi-navette s'était immobilisé dans les airs à l'approche du boulevard Voltaire, puis s'était posé en douceur devant l'entrée de son immeuble.

*Pourquoi Clarisse a-t-elle été créée ?* se demanda-t-elle en poussant la porte de l'ascenseur. *Pour quelles raisons un chercheur aurait-il pris le risque de mettre au monde une chimère humaine ?*

Oxiane pénétra dans son appartement, s'installa à son bureau et ouvrit sa mallette. Elle vérifia la présence de tous les échantillons prélevés sur le corps de Clarisse : poils, fragments de peau, d'ongles, d'ovaires, de foie et d'intestin, recueillis au moyen d'une sonde perforante. Grâce à son Trans, elle avait pris des clichés de la chimère aux rayons X. Elle les ferait « parler » à l'Institut.

*Si tout se passe bien, je saurai bientôt de quel laboratoire Clarisse s'est échappée.*

Ce soir-là, Oxiane aurait dû rejoindre la salle d'arts martiaux pour son entraînement de jiu-jitsu, mais les derniers événements l'avaient éreintée. Elle gagna sa chambre et tenta de trouver le sommeil, hantée par le regard agonisant de Clarisse.

Joos la salua avec empressement le lendemain matin à l'Institut de décryptologie génétique[18]. Le chercheur lui faisait la cour depuis leur première rencontre. Chaque fois qu'Oxiane devait procéder à des analyses de gènes, il s'arrangeait pour la surprendre dans les couloirs du centre.

« Bonjour, Joos ! J'ai besoin de travailler sur le décrypteur d'ADN. Je voudrais ne pas être dérangée. C'est possible ? »

En échange de ses missions sur la Lune, la jeune femme pouvait disposer des appareils de l'Institut quand elle le souhaitait. Ce centre dépendait directement du ministère de l'Intérieur, lui-même sous tutelle de la Confédération.

« Vous avez l'air bien pressée ! s'étonna Joos. Je voulais vous inviter à boire un café...

– Le travail d'abord », l'interrompit Oxiane en s'engouffrant dans la salle du décrypteur.

L'appareil trônait au milieu de la pièce. Elle sortit les fragments prélevés sur Clarisse et les traita chimiquement. Sur chaque échantillon de tissu, des marqueurs spécifiques identifièrent des cellules provenant de deux espèces animales différentes.

*Clarisse semble être issue d'un assemblage d'embryons, se dit-elle. Vérifions...*

Oxiane eut recours à plusieurs techniques de séparation pour isoler l'ADN des cellules d'espèces différentes, puis elle injecta les solutions obtenues dans le décrypteur.

J'ai une demi-heure devant moi... Je vais jeter un coup d'œil sur les radios.

**18. Décryptologie génétique :** décodage des gènes.

Elle entra ses clichés dans l'ordinateur du laboratoire et découvrit l'étrange anatomie de la créature, puis elle confronta ces données aux vues anatomiques de tous les primates existants. Le résultat fut sans appel. La chimère avait des particularités anatomiques propres à deux espèces : les humains et les orangs-outangs.

*Le squelette et les organes se sont mis en place harmonieusement. Certaines parties internes, comme l'appareil reproducteur, semblent avoir une morphologie plus humaine que simiesque.*

L'analyse de l'ADN confirma les observations anatomiques : un des deux types de cellule contenait bien des gènes exclusivement humains. La banque de données génétiques de l'ordinateur identifia ensuite l'origine des autres cellules. Elles provenaient de l'espèce d'anthropoïdes[19] qu'elle avait déjà reconnue à partir des clichés : l'orang-outang.

*Clarisse aurait donc été créée à partir d'embryons d'êtres humains et d'orangs-outangs, réfléchit Oxiane. Elle est née dans un labo parisien et se serait enfuie pour se réfugier dans les catacombes... Des dizaines de labos dans la capitale travaillent sur des cellules reproductrices humaines, notamment pour étudier les maladies génétiques ou réaliser des fécondations* in vitro[20]*. Il faudrait les contrôler tous en même temps, sinon, à la première alerte, le coupable détruira le moindre indice.*

La jeune femme réfléchit encore quelques secondes et...

---

**19. Espèce d'anthropoïdes :** espèce qui ressemble à l'être humain (en parlant du singe).
**20. Fécondations *in vitro* :** fécondations des ovocytes par les spermatozoïdes réalisées dans des éprouvettes en laboratoire.

*Les embryons de singe ! Les laboratoires qui travaillent sur les orangs-outangs doivent être rares ! C'est par là que je dois commencer mon enquête.*

« Alors, Oxiane... On est sur une piste ? » demanda Joos en faisant irruption dans la salle.

La généticienne sursauta :

« Je vous avais dit de ne pas me déranger », s'écria-t-elle en faisant disparaître de l'écran les radios de Clarisse.

« Qu'est-ce que vous fabriquez ? Vous me cachez quelque chose ?

– J'ai besoin de votre aide, Joos : je voudrais que vous me donniez les noms de tous les laboratoires parisiens qui font actuellement des manipulations sur les gènes ou sur les cellules d'orang-outang. C'est possible ? »

Joos l'observa d'un air surpris.

« D'orang-outang ? Qu'est-ce qui vous prend ? Vous travaillez pour qui ?

– Pour un biologiste que j'ai rencontré sur la Lune, n'hésita-t-elle pas à mentir. Il fait des recherches sur les similitudes qui existent entre le code génétique de l'homme et celui de ces singes... »

## 4

Les tours Eiffel virtuelles dressées aux quatre coins de la capitale venaient de s'illuminer quand Oxiane rentra chez elle.

« Quelle journée ! » soupira-t-elle en se jetant sur son lit. Au même moment, son Trans retentit.

« Oxiane ? C'est moi... Joos !

– Eh bien ! Vous ne perdez pas de temps !

– J'ai cherché ce que vous m'avez demandé. Rien ! Pas un seul laboratoire parisien ne travaille en ce moment sur les orangs-outangs.

– Vous en êtes sûr ?

– J'ai passé plus d'une heure sur le réseau de recherche de la Confédération. J'ai même été jusqu'à ouvrir les liens masqués réservés aux seuls chercheurs du Centre. Rien ! Absolument rien !

– Ah... fit Oxiane, déçue.

– Je vous signale que, lorsque vous me demandez un service, je réponds toujours présent...

– Ce qui veut dire ?

– Que vous pourriez être un peu plus reconnaissante... Vous ne me répondez jamais quand je vous invite à sortir. Vous êtes toujours prise par vos entraînements de jiu-jitsu ou par je ne sais quelle autre activité.

– Pas de chantage, Joos. Vous savez très bien que j'ai horreur de ça ! Allez... À plus tard ! »

Oxiane désactiva son Trans et se rallongea sur son lit.

« La partie sera plus dure que je ne le pensais, soupira-t-elle. Le laboratoire qui a créé Clarisse ne laisse rien filtrer. Voyons... Si je devais produire des embryons d'orang-outang, comment ferais-je pour me procurer des cellules reproductrices de ces singes sans attirer l'attention sur mes recherches ? »

Elle fit voyager son regard sur l'écran mural qui tapissait sa chambre.

« Je pourrais essayer d'obtenir des ovules et des spermatozoïdes congelés que je fusionnerais dans mon laboratoire. »

La jeune femme saisit à nouveau son Trans et composa le numéro de l'AMCBC[21].

« Oui… Bonjour… Je travaille pour un biologiste qui aurait besoin de cellules d'orang-outang…

– Ne quittez pas… Je vous passe le service… » Oxiane attendit durant quelques secondes.

« Service des Primates… Allô !

– Oui… Bonjour monsieur. J'aimerais savoir s'il est possible de se procurer des ovules, des spermatozoïdes ou même des embryons congelés d'orang-outang, s'il vous plaît.

– Vous êtes scientifique ?

– Je travaille pour un biologiste qui…

– Il doit nous envoyer les références de son laboratoire accompagnées de sa demande en trois exemplaires. Il y a six mois d'attente. Trois commissions se réuniront alors pour décider si les buts de sa recherche sont, en ce qui concerne l'éthique[22], en accord avec nos… »

Oxiane raccrocha rapidement.

« Pas la peine de chercher dans cette direction. C'est presque aussi compliqué de se fournir en cellules animales qu'en cellules humaines. Ceux qui ont créé

---

**21. AMCBC :** Agence mondiale des cellules biologiques congelées. Cet organisme, créé en 2053, ne dépend pas du pouvoir politique de la Confédération. Il est géré par un comité de neuf sages choisis parmi les plus virulents défenseurs des lois bioéthiques (note de l'auteur).

**22. Éthique :** qui se rapporte à la morale.

Clarisse ont dû trouver une autre source d'approvisionnement. »

La jeune femme se leva et interrogea son ordinateur.

« Voyons où il est encore possible de trouver des orangs-outangs. »

Sur l'écran apparurent toutes les informations concernant ces primates.

« Leur nom malais signifie “homme des bois”, découvrit-elle. Une maladie virale a quasiment décimé l'espèce il y a cinquante ans. Le gouvernement malais avait voulu en finir avec la guérilla en infectant les jungles de Sumatra et de Bornéo avec un virus pathogène. Bilan des opérations : 99 % des primates ont péri de la maladie... mais tous les terroristes y ont réchappé. On ne dénombrait plus que quinze orangs-outangs vivants il y a une douzaine d'années. Ils sont neuf depuis le décès de six femelles. Plus aucun orang-outang n'existe à l'état sauvage, ni dans les jungles de Bornéo ni dans celles de Sumatra... Un programme de clonage a été lancé il y a quelques années pour repeupler les forêts. »

Elle fit glisser son doigt sur l'écran et demanda la liste des organismes chargés de la production de clones. Un seul centre était responsable de ce travail. Installé à Singapour (sûrement en raison de la proximité de Sumatra et de Bornéo), il veillait aussi sur la bonne santé des neuf derniers orangs-outangs.

La jeune femme activa son Trans et examina les horaires de départ des navettes en direction de l'Asie.

*J'ai un vol demain matin à dix heures... Je vais encore rater un entraînement de jiu-jitsu, mais bon ! Arrivée à Singapour à onze heures trente. Une petite visite surprise pourrait m'apprendre beaucoup de choses...*

## 5

Oxiane débarqua à Singapour le lendemain. Le grouillement des habitants sous les immeubles de trois cents étages lui rappela la frénésie des couloirs des catacombes parisiennes. Un taxi-navette la mena directement au Centre des primates, situé à cent cinquante kilomètres de Singapour. L'immeuble paraissait propre et bien entretenu.

« Mademoiselle ! l'interpella une jeune femme à l'accueil. Vous désirez quelque chose ?

– Euh... oui... J'aimerais rendre visite aux orangs-outangs. Je suis généticienne à l'Institut de décryptologie, à Paris, et...

– Vous avez un ordre de mission ou un laissez-passer professionnel ?

– Euh... oui ! Enfin... non... J'ai une carte d'accès aux banques de données génétiques et...

– Si vous n'avez pas d'autorisation officielle, je ne peux rien pour vous.

– Écoutez... Je suis venue spécialement de Paris pour...

– Je ne fais qu'appliquer les ordres ! l'interrompit l'hôtesse d'un ton sec. Il fallait vous renseigner avant de venir.

– Mais enfin... Je...

– Que se passe-t-il ? intervint un chercheur au physique lourd et imposant.

– Cette jeune femme veut voir les singes, répondit l'hôtesse. Mais elle n'a aucune accréditation[23].

– Désolé, mademoiselle, confirma l'homme. Les visites sont strictement réglementées.

– Je…

– Inutile d'insister ! »

Oxiane dut battre en retraite. Furieuse, elle gagna la sortie du parc et réfléchit au stratagème qu'elle pourrait utiliser pour tromper la vigilance de l'hôtesse. Le chauffeur du taxi-navette l'attendait patiemment devant le portail lorsqu'un camion se présenta, ralentit et effectua une manœuvre pour s'engager dans les allées du Centre.

« Voilà la solution ! Attendez-moi là ! » cria Oxiane au conducteur du taxi.

Elle courut, s'agrippa à l'arrière du camion et se hissa dans la remorque où étaient entassées des dizaines de caisses de fruits. Le véhicule traversa le parc et fut arrêté devant les bâtiments par une patrouille de gardes. Les hommes échangèrent quelques mots, soulevèrent la bâche de la remorque et jetèrent un coup d'œil rapide. Dissimulée derrière les caisses, Oxiane échappa à leur contrôle. Le camion s'ébranla de nouveau et pénétra dans la cour. Avant qu'il ne s'arrête, la jeune femme sauta de la remorque, courut jusqu'à une porte entrouverte et s'en-

23. **Accréditation :** autorisation officielle.

gouffra dans un couloir sombre. L'air y était quasiment irrespirable. Après une vingtaine de pas, elle resurgit dans un jardin orné d'arbres équatoriaux.

*Ils doivent être là*, pensa-t-elle en découvrant un parc grillagé.

Oxiane avança et aperçut dans l'enceinte des silhouettes endormies affalées sur des branches d'arbre.

*Ils font la sieste...*

Elle sortit de sa poche des mangoustans et quelques autres fruits exotiques qu'elle avait ramassés dans le camion.

*En voici un qui semble intéressé...*

Le primate descendit de son arbre et avança vers le grillage.

« Tiens... »

Le singe s'empara du fruit et en cassa la peau résistante. À la vue de la nourriture, ses huit congénères descendirent à leur tour de leurs branches et approchèrent du grillage. Oxiane remarqua des cicatrices au niveau du ventre de chaque femelle.

*Elles ont sûrement été opérées pour le prélèvement de leurs ovules.*

Elle s'engagea dans un corridor. Des dizaines de cellules se succédaient, chacune habitée par de jeunes orangs-outangs.

*Voilà les clones*, se dit-elle. *Je ne vois que des femelles... Sans doute celles qui seront inséminées pour le repeuplement.*

« Que faites-vous là ? » retentit soudain une voix.

Oxiane se tourna et reconnut le chercheur qui l'avait refoulée à l'entrée.

« Euh… C'était plus fort que moi, lâcha-t-elle. Je ne voulais pas repartir sans…

– Vous ne repartirez pas ! tonna l'homme. Vous allez me suivre…

– D'accord, répondit Oxiane en tentant de calmer le jeu. Mais avant, j'aimerais vous poser une question.

– Taisez-vous ! s'énerva l'individu. Et faites ce que je vous demande ! »

La jeune femme feignit de ne pas entendre. Elle se redressa et lança :

« Avez-vous fourni des ovules et du sperme d'orang-outang à un laboratoire pour qu'il crée une chimère humaine ? »

Oxiane ne se faisait pas d'illusions quant à la réponse du chercheur, mais elle voulait voir sa réaction devant une attaque frontale… et elle ne fut pas déçue. L'homme eut le visage décomposé pendant quelques secondes.

« Vous n'auriez pas dû venir, lança-t-il en retroussant ses manches. »

Oxiane ne lui laissa pas le temps d'agir. Elle courut à toute allure à travers les couloirs du Centre et parvint au hall d'accueil. Devant les yeux médusés de l'hôtesse, elle ouvrit violemment la porte et déboula dans le parc. Le chercheur, trop lent, ne parvint pas à la suivre. Quant aux gardiens, occupés à contrôler le déchargement du camion, aucun n'eut le temps d'intervenir. Oxiane rejoignit le taxi-navette qui l'attendait et demanda au chauffeur, en haletant, de s'éloigner au plus vite.

*J'ai trouvé le lieu d'approvisionnement, se dit-elle, très excitée. Aucun doute : c'est le point de départ du réseau. Mais le chercheur a peut-être déjà alerté ses complices… Il faut que je retourne à Paris.*

Arrivée sur la base d'embarquement, elle se précipita vers le bureau d'enregistrement.

« Quelque chose ne va pas, mademoiselle ? » demanda la réceptionniste.

Oxiane tournait la tête dans tous les sens. Il lui semblait que mille regards la surveillaient. Des hommes étranges stationnaient devant les couloirs qu'elle devait franchir. Vêtus de combinaisons noires, ils la dévisageaient et semblaient attendre qu'elle se présente devant eux.

« Euh… Oui… Je ne vais pas bien… Puis-je avoir l'assistance d'un docteur ? »

L'hôtesse fit un appel au micro et un médecin arriva.

« Vous vous sentez mal ? demanda-t-il.

– Euh… Je suis très faible… Il faut que vous m'accompagniez jusqu'à la navette pour Paris. Je vous en prie…

– Allons-y ! » répondit l'homme en la soutenant.

Lorsqu'elle parvint au couloir d'accès à l'embarquement, les individus aperçus trente secondes plus tôt avaient disparu.

*Ils ont renoncé, se rassura-t-elle. Mais pour combien de temps ?*

## 6

Oxiane était convaincue que le Centre de Singapour créait les clones et fournissait en même temps des ovules et des spermatozoïdes au laboratoire qu'elle recherchait.

*En passant par ce Centre, récapitula-t-elle, les créateurs de Clarisse ont échappé au contrôle de l'AMCBC.*

Elle revit dans sa tête les hommes qui l'attendaient devant le couloir d'embarquement et elle frissonna.

*Ils avaient été alertés... J'ai l'impression d'avoir mis le doigt sur un réseau très bien organisé. Ils vont tenter de me réduire au silence... Peut-être même dès mon arrivée à Paris, s'ils ont des hommes en place là-bas. Elle avala sa salive. Cette histoire me dépasse. Je n'aurais jamais dû agir seule... Il faut que je contacte le commissaire Powels. Lui seul peut m'aider.*

Elle activa son Trans et appela le service de police avec lequel elle travaillait régulièrement pour les identifications d'empreintes génétiques.

« Oxiane ?

– Oui... Bonjour commissaire. Je vous appelle d'une navette qui me ramène en France. Je me suis mise dans un sale pétrin... Des hommes m'ont menacée à Singapour, et il se peut qu'on me réserve le même accueil à mon arrivée à Paris.

– Vous voulez rire, Oxiane... Qui oserait toucher à une jolie fille comme vous ?

– Je ne plaisante pas, commissaire. Je vous en prie... J'ai découvert un trafic d'ovules de singe utilisés pour la création de chimères humaines...

– Des chimères humaines ! réagit le policier, estomaqué.

– Vous avez bien entendu… C'est un réseau clandestin. »

Soulagée d'avoir un interlocuteur, Oxiane raconta tout depuis le début : la requête de Greg, la découverte de Clarisse, ses analyses à l'Institut, son expédition mouvementée au Centre des primates…

« OK… Pas de panique… Je vais aviser. À quelle heure atterrissez-vous ?

– Dans une heure, à Roissy.

– J'arrive avec deux hommes. »

Soulagée, Oxiane désactiva son Trans, puis elle réfléchit aux mobiles qui avaient pu pousser un réseau de chercheurs à créer une créature mi-orang-outang, mi-humaine.

*Autant d'énergie déployée pour de la recherche fondamentale… Ça me paraît improbable ! J'ai le sentiment que derrière tout cela se cache plutôt un intérêt commercial. Mais lequel ?*

« Vous vous êtes mise dans de beaux draps, ma petite… » lança le commissaire Powels en écoutant les précisions d'Oxiane dans la navette de police.

La jeune femme avait été prise en charge un quart d'heure plus tôt à son arrivée à Roissy.

« Avec toutes ces informations, vous allez pouvoir démanteler le réseau, répondit Oxiane.

– Le problème… c'est que vous n'êtes pas seule sur cette affaire, précisa le commissaire. J'ai contacté mes supérieurs après votre appel. Les services secrets ont mis la main sur le cadavre de votre Clarisse. Ils remontent la filière.

– Ils ont trouvé Clarisse ? s'écria Oxiane. Et Sourl… et sa mère !

– De qui parlez-vous ?

– Qu'est devenue la famille qui hébergeait la chimère ?

– En lieu sûr… en attendant que l'affaire soit réglée. »

Le commissaire pinça ses lèvres, puis lâcha :

« Oxiane… Il faut que je vous arrête.

– M'arrêter ?

– Dans votre intérêt… L'affaire est trop délicate pour vos frêles épaules.

– Commissaire…

– Désolé. Je n'ai pas le choix ! »

La navette se stabilisa au pied d'un immeuble rutilant du septième arrondissement.

« La tour des Services spéciaux ! » s'exclama Oxiane.

Elle connaissait très bien les méthodes radicales de cette brigade : lavage de cerveau, conditionnement psychologique[24]…

« C'est pour votre bien, déclara le commissaire en saisissant le bras de la jeune femme. Vous resterez le temps de… »

Oxiane ne le laissa pas terminer sa phrase. Elle lui décocha un violent coup de coude dans le plexus et sauta hors de la navette.

« Rattrapez-la ! » hurla un sergent.

Trop tard. Oxiane se faufila entre les véhicules en stationnement et se fondit dans la foule. Plusieurs poli-

---

**24. Lavage de cerveau, conditionnement psychologique :** technique de manipulation de l'esprit.

ciers se lancèrent à sa poursuite, mais perdirent sa trace dans les rues bondées de Paris.

« Elle nous a échappé », avouèrent-ils, penauds et essoufflés, au commissaire Powels.

« Allô ? Joos ? C'est terrible. Il faut que vous me sortiez de là. J'ai à la fois des trafiquants et la police sur le dos. Je ne comprends pas ce qui se passe. Il s'agit d'une grosse affaire... un scandale sur la fabrication d'une chimère singe-humaine. »

La jeune femme avait choisi le recoin d'une ruelle pour contacter le chercheur.

« Des chimères humaines ? Vous avez des preuves ?

– Des preuves ? Bien sûr... J'ai pris des radios de la créature et...

– Vous savez très bien que n'importe quelle radio peut être truquée...

– J'ai aussi des tissus cellulaires[25] prélevés sur la chimère.

– Des tissus ? Vous avez prélevé des tissus ! Alors apportez-nous tout ça à l'Institut ! »

Oxiane resta muette durant quelques secondes.

« Je ne les ai pas sur moi... Je ne peux pas rester plus longtemps en ligne, se reprit-elle. On risque de me localiser... »

Elle vérifia qu'elle n'était pas suivie, et s'engouffra dans un taxi-navette. Deux minutes plus tard, elle parvenait à proximité de son domicile.

---

**25. Tissus cellulaires :** ensemble de cellules.

« Arrêtez-vous là… »

Elle paya la course, puis se faufila dans un passage sombre.

« Ils sont déjà là, maugréa-t-elle en apercevant de la lumière dans son appartement. Quelle imbécile ! J'aurais dû garder les échantillons sur moi… »

Les silhouettes des policiers se découpaient en ombres chinoises à travers les baies vitrées du living.

*Ils vont finir par trouver, se dit-elle. Ma cachette n'est pas inviolable. Et c'étaient les seules preuves que j'avais…*

Au même instant, un bruit métallique retentit dans l'impasse. Elle se retourna et aperçut une ombre avancer dans sa direction. Prise de panique, elle dévala la rue à toute allure, traversa trois avenues, manqua de se faire renverser par une navette qui s'apprêtait à atterrir, heurta plusieurs piétons et s'arrêta, à bout de souffle, derrière une gigantesque borne d'incendie. La jeune femme tentait de retrouver sa respiration lorsqu'une main se posa sur une de ses épaules. Elle sursauta.

« Vous avez failli… me filer… entre les doigts, haleta Joos.

– Que faites-vous là ?

– Je suis arrivé au moment où vous descendiez du taxi. J'étais persuadé que vous passeriez prendre les tissus chez vous. J'ai des choses à vous dire… Suivez-moi ! »

Le chercheur l'entraîna dans les artères de Paris.

« Où m'emmenez-vous ?

– Chuuut ! Laissez-vous guider… »

## 7

Après une longue marche, Joos et Oxiane parvinrent aux portes de l'Institut de décryptologie génétique.

« Pourquoi m'entraînez-vous ici ?

– Du calme ! Ne craignez rien… »

Joos activa un code d'accès et ouvrit un portail à l'arrière du bâtiment, puis il entraîna Oxiane dans un ascenseur et appuya sur le bouton du douzième sous-sol. La jeune femme avait renoncé à questionner le chercheur. Les yeux rivés sur les témoins lumineux des paliers, elle attendait que l'appareil s'arrête. Jamais elle n'avait été autorisée à descendre dans les « entrailles » de l'Institut.

« On arrive… » lâcha Joos.

Il sortit rapidement et guida Oxiane jusqu'à un escalier dérobé. La descente n'en finissait pas.

« Joos… Arrêtez… Je n'en peux plus… »

L'homme s'arrêta devant un identificateur magnétique fixé sur le montant d'une porte blindée. Il plaqua son index droit sur l'appareil et déclencha l'ouverture, puis activa le faisceau lumineux de son Trans et avança dans un corridor. Des gémissements retentirent.

« Où sommes-nous ? » bredouilla Oxiane avec angoisse.

D'épais barreaux apparurent à la lueur du faisceau.

« Approchez… »

La jeune femme avança et…

« Clarisse ! »

La chimère la fixait. Oxiane eut un mouvement de recul.

« Que fait-elle là ?… Elle était morte…

– Ce n'est pas Clarisse, répondit Joos, mais un autre produit de nos expériences... obtenu en assemblant des cellules d'embryons humains et d'orangs-outangs.

– Vous voulez dire que...

– Que Clarisse a été créée ici même. Onze autres chimères vivent dans ce sous-sol.

– Mais c'est abominable ! Alors... c'est la Confédération qui...

– Oui... C'est la Confédération qui finance ces recherches. Il y a quelques années, six des dernières femelles de Singapour ont été transportées en secret dans nos labos pour mettre au monde ces créatures. Venez par ici... Regardez... elles sont là. »

Oxiane avança et découvrit à la faveur du faisceau la silhouette de vrais orangs-outangs.

« Ce sont les mères de toutes les chimères, expliqua Joos. Les embryons chimériques ont été placés dans leurs utérus pour qu'ils s'y développent.

– Mais pourquoi ? Pourquoi tout ça ?

– C'est une piste de travail, Oxiane. Une piste qui a toutes les chances d'aboutir... Dans quelques années, la colonisation de la Lune va suivre une croissance exponentielle. Des dizaines de milliers de mères porteuses vont devoir être recrutées pour répondre aux demandes des couples colonisateurs. Imaginez le coût que cela va entraîner ? Aujourd'hui déjà, une mère porteuse coûte trois cents eullars[26] par jour à la Confédération... »

**26. Eullars :** monnaie futuriste imaginaire.

Oxiane se retourna vers les chimères, couchées dans leurs sombres cellules.

« Vous voulez dire que ces expériences ont pour but de...

– De faire porter les fœtus humains par des chimères créées à partir d'embryons de singe et d'humain. Aucun robot, aucune machine n'est capable aujourd'hui d'assurer cette fonction de gestation[27], et vous savez aussi bien que moi que les problèmes rencontrés de ce côté-là ne sont pas près d'être résolus... Faire développer des embryons humains dans le ventre de femelles singes est quasiment impossible : les différences entre les espèces sont trop importantes, et les embryons sont rejetés. Nous avons réalisé des manipulations génétiques sur les chimpanzés, sur les gorilles et sur les orangs-outangs pour tenter d'inhiber[28] ces réactions de rejet. Les techniques utilisées fonctionnent avec la plupart des mammifères. Malheureusement, le pourcentage de réussite chez les anthropoïdes est ridiculement faible. On ignore encore pourquoi... En désespoir de cause, on a eu l'idée de créer des chimères singes-humains qui toléreraient les embryons humains. Et ça a marché... »

Oxiane resta de longues secondes sans voix.

« Des enfants humains sont déjà nés de ces chimères ?

– Un, répondit Joos. Et il est en bonne santé. Oxiane... la Confédération va économiser des milliards, et la colonisation spatiale va connaître un boum inespéré ! Les

---

**27. Fonction de gestation :** fonction du corps de la femelle ou de la femme vivipare qui abrite un embryon se développant à l'intérieur de son corps.
**28. Inhiber :** faire cesser.

commissions d'éthique[29] ne pourront rien devant le fait accompli. Il nous reste encore quelques problèmes techniques à résoudre, mais un jour tout sera en place pour une production à grande échelle. On ne pourra plus reculer…

– Joos… Pourquoi Clarisse s'est-elle échappée ?

– C'est le seul accroc. Jusque-là, tout se passait bien… »

Le chercheur s'interrompit.

« Et ? insista Oxiane.

– C'est elle qui a mis au monde le premier bébé, avoua Joos. Je crois qu'elle n'a pas supporté qu'on le lui enlève. Elle a profité d'une erreur d'un confrère pour s'échapper par une issue. De là, elle a forcé un accès qui mène aux catacombes. Il faut dire… qu'on a noté chez ces chimères des comportements étranges, comme si leur double nature leur conférait des pouvoirs… extrasensoriels. Par exemple, elles anticipent souvent sur nos actions et semblent "sentir" les choses à distance. C'est assez déroutant. Il faudra qu'on fasse plus attention la prochaine fois. Vous savez… on tâtonne. Il a fallu trouver la meilleure combinaison possible pour que les chimères porteuses soient compatibles avec la biologie humaine tout en restant encore des animaux. Pas facile de trouver le bon compromis pour…

– Pour produire des esclaves ! l'arrêta Oxiane. Clarisse s'est enfuie d'ici pour cesser d'être une esclave.

29. **Commissions d'éthique :** assemblées de personnes garantes de la moralité des expériences médicales.

– Faux ! réagit le chercheur. Les chimères ne sont pas des esclaves, mais des organismes animaux qui vont nous aider à coloniser l'espace.

– Vous n'avez pas le droit de mélanger l'humain et l'animal, Joos ! L'opinion publique va se dresser contre vous.

– L'opinion publique acceptera le progrès... comme toujours. Écoutez, Oxiane : les services secrets vous cherchent... Ils sont prêts à vous éliminer. Raison d'État... vous comprenez ? Nous devons encore rester dans l'ombre, le temps de perfectionner nos techniques. Rejoignez-nous ! Ne faites pas de bêtises. Il y a énormément d'argent qui vous attend. Laissez-moi leur parler ! Je leur expliquerai que vous avez compris l'intérêt de nos recherches... Il vous reste encore une chance... Saisissez-la ! »

Oxiane tourna la tête et fixa le regard des chimères qui venaient de se réveiller. Il lui semblait plonger dans des regards humains... terriblement humains. Elle y lisait la même détresse que celle émanant de Clarisse dans son agonie.

« Pourquoi avoir choisi les orangs-outangs ? demanda-t-elle.

– Les meilleurs résultats ont été obtenus avec eux. Il ne restait malheureusement plus beaucoup de spécimens sur Terre. Comme il en faut un grand nombre pour mettre au monde les chimères, un programme a été lancé il y a quelques années pour la fabrication de milliers de clones femelles. »

Oxiane se rappela toutes les orangs-outangs femelles qu'elle avait découvertes dans les cellules de Singapour.

« Vous êtes fou, Joos. Vous êtes en train de fabriquer des machines à procréer. »

Le regard du chercheur croisa celui de la jeune femme. L'homme eut un geste de dépit.

« Je vous aime beaucoup, Oxiane. J'aurais voulu vous éviter le pire. Mais tant pis pour vous... j'aurai tout essayé. »

Il sortit son Trans et composa un numéro.

« Allô ? Le service de surveillance ? Je... »

Oxiane ne lui laissa pas le temps d'achever sa phrase. Elle lui arracha l'appareil et bondit vers l'entrée. Joos se précipita derrière elle et la coinça devant la porte.

« Vous l'aurez voulu... » lança-t-il.

Il allait la frapper lorsqu'un coup fulgurant le plia en deux. La jeune femme s'était détendue comme une panthère avant de le terrasser par une attaque de jiu-jitsu. Joos chancela et s'assomma en s'écroulant contre un mur. Oxiane le ligota, le bâillonna, puis quitta les lieux en emportant un microdisk[30] trouvé dans un bureau du labo. Ses références semblaient indiquer qu'il recelait de précieuses informations sur les activités du service. À cette heure du soir, toutes les sorties étaient bloquées. Les gardiens de nuit commençaient leur ronde. La jeune femme trouva refuge sur la terrasse de la tour de l'Institut. Cent vingt-deux étages... Elle dominait tout Paris. Dans le

**30. Microdisk :** carte mémoire.

ciel d'encre, la Lune semblait l'observer d'un œil inquisiteur. Elle prit son Trans et composa le numéro du plus grand service de presse indépendant.

« Allô, Info-Terre ? Passez-moi quelqu'un de la rédaction, s'il vous plaît. »

Après un silence :

« Ici Luc Faure, rédacteur en chef...

– Je suis Oxiane Milocz. Écoutez bien... Je viens de découvrir le plus abject des projets conçus par la Confédération : la création de chimères humaines... »

Tout en parlant, la jeune femme inséra le microdisk dans le Trans.

« Je vous expédie les informations sur le laboratoire en cause. Il s'agit de l'équipe du professeur Joos Dryan de l'Institut de décryptologie génétique.

– Allez-y... Je télécharge... Mais qui êtes-vous, au juste ? »

Oxiane ne répondit pas. Sur l'écran du Trans défilait le texte du microdisk. La phrase d'un des rapports la laissa interdite : *mardi 24 mars 2072 : succès total. Clarisse a donné naissance au premier humain qui sera livré prochainement. Ses parents, Selma et Greg Bayon, ignorent dans quelles conditions est né l'enfant. Ils ont choisi le prénom d'Orion.*

Éric Simard, « Clarisse », *Les Visages de l'humain*,
© Mango jeunesse, coll. « Autres mondes », 2001.

# QUESTIONS SUR « CLARISSE »

## AI-JE BIEN LU ?

**1** Numérote les actions dans l'ordre chronologique.

- [8] Oxiane découvre que Clarisse est la mère d'Orion.
- [2] Greg prie Oxiane d'aller voir sa sœur dans les catacombes.
- [1] Selma et Greg reçoivent Orion, l'un des bébés livrés sur la Lune.
- [3] Oxiane découvre Clarisse mourante.
- [5] Le commissaire conduit Oxiane à la tour des Services spéciaux.
- [7] Oxiane contacte la presse pour rendre public le scandale.
- [4] Oxiane s'introduit dans le laboratoire qui retient les Orangs-Outangs.
- [6] Joos révèle à Oxiane qu'il a créé douze chimères porteuses.

## J'ANALYSE LE TEXTE

### La colonisation de la Lune

**2** **a.** À quelles activités les Luniens se livrent-ils ?
**b.** Pour quelle Confédération ?

**3** Pour quelles raisons Selma et Greg se font-ils livrer un bébé conçu sur Terre ?

**4** **a.** Par quel moyen de transport Oxiane se déplace-t-elle entre la Terre et la Lune ?
**b.** Pourquoi est-elle amenée à voyager régulièrement ?

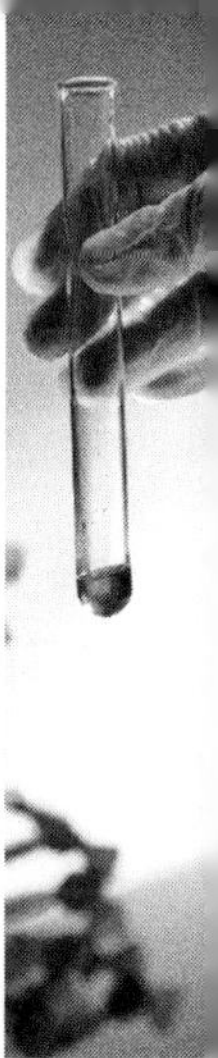



## Oxiane, une femme du futur

❺ **a.** Dresse la fiche d'identité d'Oxiane à partir du texte :

- **Nom :** Mitoz
- **Prénom :** Oxiane
- **Couleur de cheveux :** Bleu marine
- **Tenue vestimentaire :** Combinaison orange
- **Passion :** Le jiu-jitsu
- **Caractère :** courageuse, empathique, altruiste

**b.** Quel est son métier ? Coche les bonnes réponses.

☒ cigogne du futur
☐ championne du monde de jiu-jitsu
☒ généticienne
☐ commissaire de police
☒ spécialiste de l'identification par analyse comparée d'ADN

❻ Quelles qualités permettent à Oxiane d'échapper à Joos et au commissaire de police ? Cite au moins deux adjectifs.

## La création d'une chimère

❼ Comment Oxiane parvient-elle à résoudre l'énigme qui entoure l'existence de « Clarisse » ?
Coche les bonnes réponses.

☒ Elle entre clandestinement dans un laboratoire de Singapour.
☐ Elle lit les informations dans le journal France-Terre.
☒ Elle analyse les tissus prélevés sur le corps de Clarisse.
☒ Elle vole un microdisk révélant l'identité d'Orion.
☐ Greg lui explique que sa sœur a recueilli une chimère.

**8** **a.** Relève les différentes définitions du mot *chimère* dans un dictionnaire.
**b.** Indique celle qui correspond à la chimère Clarisse.

**9** Surligne en jaune les mots qui se rapportent à l'espèce humaine, en bleu ceux qui se rapportent au singe et en vert ceux qui se rapportent aux deux.

anthropoïde | primate | orang-outang | femelle | embryons | poils bruns et rèches | simiesque | mère porteuse | chimère humaine | cheveux châtains

**10** Reconstitue les étapes du processus de fécondation *in vitro* à l'aide des lignes 34-40.

prélèvements des ovules de la femme | prélèvements du sperme de l'homme

↓

fusion des deux cellules

↓

œuf, embryon

↓

implantation dans l' utérus d'une mère porteuse

↓

naissance d' Orian

**11** **a.** Pourquoi Clarisse s'est-elle échappée du laboratoire ?
**b.** Selon toi, est-ce un hasard si elle est recueillie par la sœur de Greg ? Justifie.

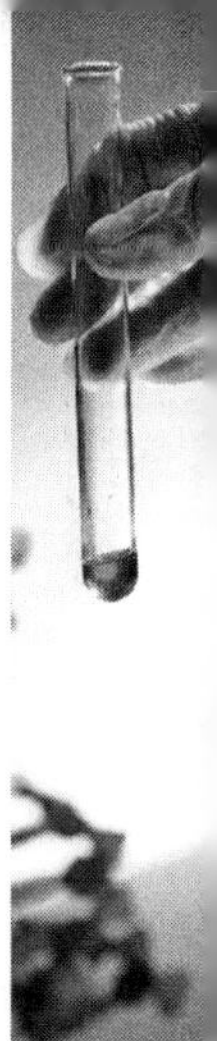



## Une réflexion sur la manipulation génétique

**12** Par quelles expériences scientifiques les généticiens ont-ils créé Clarisse ?

**13** **a.** Relis la note 21 de l'auteur sur l'AMCBC (p. 87) et explique pourquoi les chercheurs ont pratiqué leurs expériences à Singapour.

**b.** Créer une chimère par clonage est-il légal selon Oxiane ?

**c.** Pourquoi est-elle choquée par cette manipulation génétique ?

## La chute de la nouvelle

INFO+
Les nouvelles se terminent souvent par un dénouement bref et inattendu : la **chute**.

**14** **a.** Quelle découverte Oxiane fait-elle à la fin de la nouvelle ?

**b.** Quelle leçon le lecteur peut-il tirer de cette nouvelle ?

## JE FAIS LE BILAN

**15** Complète les phrases avec les mots-clés suivants.

généticienne | 2072 | coloniser | clonage | s'affranchir | chimère | éthiques | esclaves | americano-européenne

**a.** La nouvelle se déroule en .................................. .
**b.** Une .................................. découvre l'existence d'une .................................. créée par la Confédération .................................. pour .................................. la Lune.
**c.** La réflexion porte sur le .................................. et les problèmes .................................. qu'il pose ; le danger étant de faire des clones des .................................. de l'homme.
**d.** La nouvelle interroge également la possibilité pour l'homme de .................................. de son berceau naturel : la Terre.

## JE FORMULE MES IMPRESSIONS

**16** Penses-tu, comme Joos, que l'opinion publique finit par accepter avec le temps un progrès qui la choque tout d'abord ?

AIDE
Nuance ton propos en fonction des exemples d'innovations choisis : prothèse, OGM, clonage, fécondation *in vitro*, robots...

## J'ÉTUDIE LA LANGUE

### Grammaire : les valeurs du conditionnel

**17** **a.** Souligne les verbes au conditionnel présent dans la phrase suivante.
**b.** Indique la valeur du conditionnel.

« Voyons... Si je devais produire des embryons d'orang-outang, comment ferais-je pour me procurer des cellules reproductrices de ces singes sans attirer l'attention sur mes recherches ? »

**18** Quelles sont les autres valeurs du conditionnel présent dans les phrases suivantes ?
- « Il m'a promis qu'il vous demanderait de nous aider. »
- « J'aimerais rendre visite aux orangs-outangs. »
- « Pourriez-vous m'y conduire ? »

INFO+
- On utilise le conditionnel présent pour exprimer un **fait soumis à une condition** (hypothèse), un fait **incertain** ou **imaginaire**, un **souhait**, une **demande polie**. Il a alors une **valeur de mode**.
- Le conditionnel présent peut avoir une **valeur de temps** : il exprime alors le **futur dans le passé** (ex. : *Il m'a dit qu'il viendrait*).

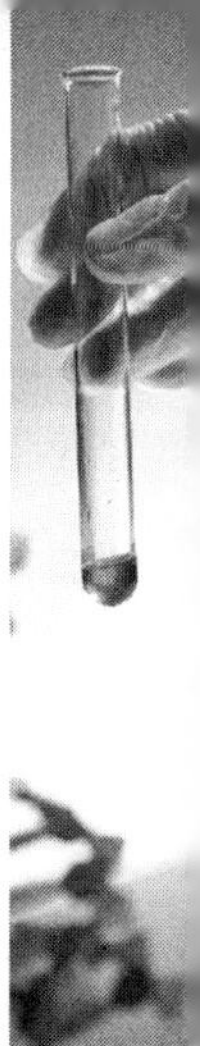



### Vocabulaire : les expériences du futur

**19** Retrouve le mot à partir de sa définition.
_ _ _ _ _ _ _ _ _ _ _ : spécialiste des gènes.
_ _ _ _ _ _ _ : organisme composé de cellules d'origines génétiques différentes.
_ _ _ _ - _ _ _ _ _ _ _ _ _ : femme portant l'enfant d'autres parents.
_ _ _ _ _ _ _ : duplication d'un être vivant.
_ _ _ _ _ _ _ _ _ _ : déchiffrer un message.

## J'ÉCRIS

### Écrire un article de journal

**20** Imagine l'article écrit par le journaliste d'Info-Terre, à qui Oxiane a communiqué des informations concernant Orion.

AIDE
- Explique l'intérêt des recherches gouvernementales sur les chimères en utilisant les arguments de Joos.
- Développe le point de vue d'Oxiane qui voit la détresse dans les yeux des chimères.
- Montre que le clonage pose des problèmes moraux importants.
- Organise ton article en paragraphes et trouve un titre accrocheur.

## JE ME DOCUMENTE

**21** La base lunaire sur laquelle vivent Selma et Greg se nomme Armstrong. Fais une recherche sur l'astronaute Neil Armstrong et explique en une quinzaine de lignes pourquoi il a marqué l'histoire de l'humanité.
Ouvre ta recherche sur l'exploration spatiale en présentant un astronaute français contemporain : Thomas Pesquet.

## J'ANALYSE UNE PLANCHE DE BD

**22** Lis la planche de BD présente sur le rabat en couleur au début du livre et explique en quoi il s'agit d'une BD de science-fiction (graphisme, couleurs, thème des bulles...).

**23** **a.** Que découvre Anna au sujet de son mari, Chris ?

**b.** Pourquoi Anna est-elle un cobaye ?

**c.** Explique pourquoi l'humanité est en danger .

**24** Y a-t-il selon toi un point commun entre cette planche de BD et la nouvelle « Clarisse » d'Éric Simard ? Lequel ?

## JE LIS L'IMAGE

**25** **a.** Décris l'expression de la femme photographiée.

**b.** Que regarde-t-elle ?

**c.** À quel personnage de la nouvelle « Clarisse » te fait-elle penser ?

# La Classe de maître Moda

*Parents, ne laissez pas vos enfants passer à côté de leur vie. L'École à la Maison© est un programme du groupe AvanTech.*

La lenteur de Joao exaspérait Emna. Depuis qu'il était arrivé dans la classe, maître Moda avait considérablement ralenti la cadence.

Emna, elle, assimilait les connaissances avec une voracité[1] jamais assouvie.

Sa préférence allait aux sciences physiques, à l'histoire et aux langues mortes, en particulier le sanskrit[2]. Maman disait en riant qu'elle était un véritable aspirateur à savoir. Papa l'avait une fois embrassée (embarrassée...) devant d'autres grandes personnes en affirmant bien haut qu'elle était la future Einstein. Einstein Albert, le physicien, elle connaissait, et la comparaison ne la flattait pas. Papa ignorait-il que la théorie de la relativité était démodée depuis déjà plusieurs mois ? Ne savait-il pas que l'Indien Vikaj Singh et d'autres physiciens dans son sillage avaient redéfini les relations du couple espace/temps ?

Joao avait intégré la classe d'Emna après la signature d'un accord de coopération économique et culturelle entre l'Europe Unie et une partie de l'Amérique du Sud. Le Brésil, l'Argentine et l'Uruguay avaient décidé d'essayer

1. **Voracité :** forte envie d'apprendre.
2. **Sanskrit :** langue d'origine antique parlée en Inde.

le nouveau programme scolaire mis en place depuis cinq ans par les sept états de l'Union. Emna ne comprenait pas pourquoi on avait imposé Joao aux douze autres élèves de maître Moda. Il avait obtenu un honorable 227/046 au test du NQI, le nouveau quotient intellectuel[3], mais il peinait dans certaines matières, il retardait les autres et, s'il n'améliorait pas rapidement son rendement, la classe perdrait toutes ses chances d'accéder au niveau supérieur avant la trêve de Noël.

Emna s'en était ouverte à ses parents.

« Voyons, chérie, il faut bien que les enfants de tous les pays puissent bénéficier d'une école de qualité, avait répondu maman.

– Sans compter que, si les pays en question sont satisfaits du programme, ils passeront une commande ferme, avait ajouté papa. Une bonne rentrée de devises[4] pour l'Europe Unie.

– Je croyais que tu militais contre l'Europe Unie !

– Je parlais d'économie, et non de politique, Emna. Tu comprendras plus tard qu'il vaut mieux éviter de mélanger argent et idéaux. »

Plus tard ?

Emna étudiait les sciences économiques depuis près de deux mois. Elle était parfaitement consciente que les hommes d'affaires comme son père combattaient la nouvelle Europe tout en exploitant sans vergogne les

---

**3. Quotient intellectuel :** évaluation des capacités intellectuelles au moyen de tests de logique, de langage...
**4. Devises :** monnaies.

avantages offerts par l'Union ; elle savait également que des femmes comme sa mère se targuaient de préoccupations humanitaires tout en vérifiant chaque jour à dix reprises le système de sécurité de la maison. Maman dissimulait mal sa terreur et son dégoût lorsqu'elle évoquait les « hordes des laissés pour compte, ces pauvres gosses abandonnés, déconnectés, qui n'ont rien de mieux à faire que piller, violer et s'injecter du poison dans les veines. »

Emna avait interrogé ses condisciples[5] et obtenu des réponses qui la confortaient dans ses propres convictions : Joao, le seul non Européen de la classe, était un empêcheur de progresser en rond. Pourquoi l'avait-on placé dans une CFA, une classe de formation accélérée, alors qu'il avait besoin de deux fois plus de temps que les autres pour mémoriser les nouvelles données ?

Ils avaient décidé de poser la question au maître. À une majorité écrasante (onze voix contre une), les comploteurs avaient élu Emna comme porte-parole. Honorée de leur confiance, elle avait estimé que la visite personnalisée hebdomadaire de maître Moda lui offrirait une excellente occasion de s'acquitter de sa mission. En attendant, entre deux lectures des Veda[6] dans leur langue originelle, elle consacrait ses heures de récréation aux nouvelles théories de Vikaj Singh et de ses disciples (passionnante, d'ailleurs, la comparaison entre les anciens textes védiques[6] et les hypothèses les plus récentes de la physique moderne).

« Tu viens jouer avec nous ? »

---

**5. Condisciples :** élèves de la même classe.
**6. Veda, textes védiques :** textes sacrés indiens écrits en sanskrit.

Emna reconnut la voix de Salomé, l'Espagnole, avant même que son visage brun et grave n'apparaisse dans la fenêtre de l'écran transparent. Elle était accompagnée d'Anet, une Allemande aux cheveux aussi dorés qu'un soleil d'été.

« À quoi ?

– Un nouveau jeu de stratégie. On peut entrer dans une partie contre des CFM. »

Une classe de formation moyenne ? Des élèves légèrement plus vieux, légèrement moins intelligents. Orientés en général vers l'administration, vers une carrière politique pour les plus brillants. Pas le genre à entraîner l'humanité sur des voies nouvelles, mais de bons exécutants si on leur donnait des ordres concis[7]. Quel intérêt de jouer contre eux ? Même en s'y mettant à vingt, ils n'étaient pas de taille à battre une fille ou un garçon de CFA, encore moins un élève de maître Moda. La dernière fois qu'Emna avait accepté d'affronter une bande de CFM sur le Net, la partie n'avait pas duré deux minutes.

« Demandez à Joao ! »

Elles éclatèrent de rire toutes les trois. Maître Moda leur avait enseigné que la moquerie n'était pas une preuve d'intelligence, mais, loin des oreilles et des regards indiscrets, elles s'autorisaient de temps à autre une pointe de méchanceté et de bêtise. Elles se sentaient alors unies et troublées par une complicité qu'elles n'éprouvaient jamais pendant les cours. Il leur fallait ces infractions[8] minus-

**7. Ordres concis :** ordres brefs.
**8. Infractions :** violations, entorses au règlement.

cules pour oublier leur rivalité. Dotées toutes les trois d'un NQI de plus de 300 (Emna devançait cependant Salomé et Anet de quelques poussières décimales), elles se livraient une compétition acharnée pour occuper la première place des évaluations hebdomadaires.

Emna se souvenait de la terrible déception de papa et de maman lorsque l'évaluation de la quatrième semaine s'était affichée sur l'écran transparent du salon.

« Bien la peine de te payer le meilleur programme scolaire d'Europe Unie si c'est pour finir à la troisième place ! avait maugréé papa.

– Allons, allons, il en faut pour les autres, avait objecté maman. Ta fille ne peut pas toujours occuper la première place. Et puis il ne s'agit que d'une évaluation. Attendons le classement de fin de trimestre. »

Cependant, maman n'avait pas esquissé le moindre geste[9] de consolation.

Ses yeux exprimaient une colère froide qui, davantage que les grognements de papa, avait poussé Emna à se hisser dès la semaine suivante sur la plus haute marche du podium. Elle avait dès lors basé son année scolaire sur le postulat[10] suivant : ma propre tranquillité dépend de la satisfaction de mes parents.

*Parents, c'est à vous, et à personne d'autre, de décider de l'avenir de vos enfants.*

---

**9. N'avait pas esquissé le moindre geste :** n'avait pas tenté de faire le moindre geste.
**10. Postulat :** affirmation non démontrée.

*L'École à la Maison© vous propose une scolarité unique qui respecte les biorythmes[11] et l'équilibre de votre enfant. L'École à la Maison© a reçu l'agrément[12] du ministère européen de l'Éducation.*

Le maître, lui, ne manifestait jamais d'impatience. La première fois qu'il s'était présenté à ses élèves, il avait expliqué l'étymologie[13] de son nom : Moda, comme mode, mode d'acquisition, mode de fonctionnement, et aussi comme Yoda, le Jedi de *La Guerre des Étoiles*, un archétype[14] qui, dans l'inconscient collectif, symbolisait le maître, le précepteur[15].

*La Guerre des Étoiles* ? Un truc pour NQI de moins de 150 ! Emna ne comprenait pas l'enthousiasme de papa pour cette antiquité américaine du XX$^{e}$ siècle. Comment pouvait-on se passionner pour une histoire aussi prévisible, aussi dérisoire ?

Le maître avait une voix musicale et persuasive. Tous les matins, il présentait les cours du jour avant de lancer le programme. La puce minuscule insérée dans leurs cerveaux (l'opération était comprise dans le forfait) plaçait les élèves dans un état de réceptivité[16] absolue proche de l'hypnose. Le flot d'informations, images et sons, déferlait pendant une vingtaine de minutes, puis maître Moda donnait des exercices qui, tout en validant

11. **Biorythmes :** rythmes naturels des enfants (sommeil, repas, temps d'apprentissage, de jeu...).
12. **Agrément :** accord.
13. **Étymologie :** origine d'un mot.
14. **Archétype :** modèle de référence.
15. **Précepteur :** professeur particulier.
16. **Réceptivité :** grande attention.

les connaissances, sollicitaient la mémoire, la logique, l'esprit d'analyse et de synthèse. C'était à cette occasion que se gagnaient ou se perdaient les places à l'évaluation hebdomadaire. Si elle n'était pas la meilleure dans la résolution des problèmes mathématiques ou dans l'apprentissage des langues vivantes, Emna montrait une efficacité inégalable en histoire et en sciences physiques. De même elle marquait de nombreux points avec les versions et les thèmes des langues mortes. Pour le reste, français, économie, sociologie, arts plastiques, musique, elle se maintenait dans la moyenne haute.

« Tes parents et moi sommes très contents de toi, Emna. »

Le visage de maître Moda s'était affiché dans la fenêtre de l'écran. L'icône symbolisant la classe avait disparu, signe que cette conversation se déroulait dans la plus stricte intimité.

« À quoi bon ? lança-t-elle avec une moue[17]. Nous n'aurons pas fini le cycle avant Noël. »

Elle guetta une éventuelle réaction sur les traits de son interlocuteur, mais, comme d'habitude, maître Moda restait parfaitement impénétrable. Il n'exprimait aucune émotion humaine tout simplement parce qu'il n'était pas humain.

« De mon temps, les profs étaient de chair et d'os », radotait papa (ça le prenait chaque fois qu'il dépassait la dose d'alcool prescrite par la loi). « Comme leurs élèves.

---

**17. Moue :** grimace.

On les faisait enrager ! Ils y tenaient, pourtant, à leur fichu boulot : ils ont failli mettre l'Europe à feu et à sang quand le ministère de l'Éducation a proposé les nouveaux programmes scolaires.

– Pas le ministère, AvanTech, corrigeait Emna.

– Notre fille a raison : il reste encore beaucoup de professeurs dans le public, intervenait maman. Tout le monde n'a pas les moyens de suivre un cursus scolaire à domicile. »

Emna avait entendu dire que, dans les quartiers les plus défavorisés, des garçons et des filles s'entassaient dans des pièces exiguës pour recevoir des bribes de connaissances. Elle supposait qu'un système aussi archaïque engendrait une perte de temps et d'énergie énorme. Elle, elle n'avait pas besoin de se déplacer, pas besoin de partager son espace avec quelqu'un d'autre. Elle s'abreuvait à une source de savoir infinie, elle progressait selon ses capacités, selon son rythme, selon ses envies. Le programme avait calculé son NQI, puis l'avait automatiquement inscrite dans une classe de son niveau. Tout était prévu pour son bien-être, y compris les heures de gymnastique, un mélange de Taï Chi Chuan, de Yoga et d'étirements qui la détendait tout en lui procurant un surcroît d'énergie. Elle n'avait pas à braver le monde extérieur, ce monde qui provoquait chez maman une fièvre charitable[18] entrecoupée de spasmes de terreur. En quatre ans, elle avait appris à parler trois langues vivantes, l'anglais, l'espagnol

**18. Fièvre charitable :** envie forte et soudaine d'aider les personnes pauvres.

et le russe, à maîtriser deux instruments de musique, clavier et violon, à résoudre des équations complexes, à lire Apulée[19] en latin, Platon en grec et les Veda en sanskrit. Elle consacrait ses temps libres à explorer le réseau, à regarder des films ou des émissions sur Cablenet. Les sécurités imposées par la commission européenne Protection de l'enfance l'empêchaient d'accéder aux sites interdits – et terriblement attirants pour une curieuse de son espèce. Parfois, elle ressentait une douleur aiguë dans la nuque, comme un coup de couteau : un symptôme absolument normal, avait certifié la pédago-commerciale à ses parents. Cela montre que la bio-puce[20] de votre... puce ! ah ! ah ! est en train de se faire sa place dans son cerveau.

« Est-ce donc si important de finir le cycle avant Noël ? demanda maître Moda.

– Je m'ennuie dans cette classe. Je voudrais commencer les cours de philo.

– Est-ce toi qui t'ennuies ou bien un élément extérieur qui te perturbe ? »

Difficile de cacher ses sentiments au maître. Papa avait expliqué que le programme, expert en morphopsychologie[21], devinait les pensées de ses interlocuteurs rien qu'en observant les mouvements de leurs visages. Emna s'appliquait à rester impassible, à ne rien dévoiler d'elle-même, mais, tôt ou tard, elle s'oubliait, elle perdait le contrôle

**19. Apulée :** auteur latin connu pour son roman *L'âne d'or* (aventures d'un jeune homme métamorphosé en âne).
**20. Bio-puce :** composant électronique inséré dans le cerveau.
**21. Morphopsychologie :** Moda devine les pensées en observant les expressions du visage.

et redevenait ce livre ouvert dans lequel maître Moda pouvait piocher à loisir.

« Joao...

– Je trouve pour ma part que Joao a progressé de manière spectaculaire.

– Il nous retarde, insista Emna. Je ne suis pas la seule à le penser. Les autres m'ont chargée de vous le dire.

– Je ne peux pas changer Joao de classe. Il s'agit d'une expérience pilote imposée par le ministère européen de l'Éducation.

– Que vient faire le ministère là-dedans ? Ce programme est commercialisé par une entreprise privée. Mes parents ont payé une fortune pour m'inscrire dans votre école !

– Nous relevons effectivement du privé. Mais, comme toute entreprise qui œuvre dans le domaine de l'éducation, nous avons besoin de l'agrément du ministère pour continuer notre activité.

– Je pense plutôt qu'AvanTech cherche à gagner de nouveaux marchés.

– Je vois que tu as parfaitement assimilé mes derniers cours d'économie. »

Emna se leva et esquissa des mouvements d'assouplissement devant son écran, consciente que maître Moda continuait de l'observer par le truchement des webcams disposées tout autour de la pièce. Dans un coin, un appareil maintenait la pièce dans une hygrométrie[22] parfaitement adaptée à sa physiologie. Tout comme le repas, tout à l'heure, serait préparé selon ses besoins énergétiques.

**22. Hygrométrie :** mesure de l'humidité de l'atmosphère.

Tout comme ses heures de sommeil seraient établies en fonction de ses biorythmes. L'École à la Maison© ne se contentait pas de garantir à ses élèves les meilleurs résultats scolaires, mais également un développement harmonieux, un équilibre parfait entre les activités cérébrale, créatrice et physique.

« Ça veut dire que nous allons traîner Joao comme un boulet toute l'année ?

– Au moins jusqu'à ce que quelqu'un, en haut lieu, décide de mettre fin à l'expérience. »

*Parents, n'oubliez pas que votre futur dépend de votre enfant.*
*L'École à la Maison© : l'éducation en phase avec votre présent.*

Emna convoqua les autres élèves – hormis Joao, bien entendu – sur sa page perso pour leur faire part de son entrevue avec le maître. Ils exprimèrent leur déception, voire leur colère pour les plus vindicatifs[23], et décidèrent de se plaindre auprès de leurs parents. La pression conjuguée d'une douzaine de familles réussirait peut-être à infléchir la direction de l'École à la Maison©.

Emna n'y croyait pas trop : ses parents ne prendraient sûrement pas le risque d'entrer en conflit juridique avec la pédago-commerciale.

« C'est vrai que la présence d'un NQI moyen dans une classe de CFA n'était pas prévue au contrat, soupira papa. Je devrais peut-être en parler à mon avocat.

---

**23. Vindicatifs :** enclins à la vengeance.

– Allons, allons, gardons notre sang-froid, intervint maman. Encore une fois, il ne me paraît pas injuste que d'autres régions du monde bénéficient des toutes dernières avancées en matière d'éducation.

– Nobles pensées, très chère, mais c'est nous qui finançons.

– Qu'est-ce qui prouve que ce petit Brésilien n'a pas payé son cours lui aussi ? »

Maman se frotta les mains, signe chez elle de nervosité.

« Et puis, les classes moyennes sont prêtes à se ruiner pour inscrire leurs rejetons à l'École à la Maison©, ajouta-t-elle à voix basse. La boulangère m'a dit qu'elle comptait y mettre sa fille l'année prochaine. La boulangère !

Les places seront de plus en plus chères. Que deviendrions-nous, Seigneur, si nous devions mettre mon Emna dans une école ordinaire ? »

Le lendemain, une demi-heure avant le début du cours, les douze élèves de maître Moda se connectèrent et admirent qu'il ne fallait pas compter sur les parents pour résoudre le problème.

« Associons-nous, proposa Salomé. À douze, nous devrions bien trouver une solution.

– Douze fois 300, ça fait 3 600, un sacré NQI ! » dit Théo, le Belge.

Ils rirent, conscients tout à coup qu'ils formaient probablement l'une des phalanges[24] les plus brillantes d'Europe Unie. Le moment était venu de le démontrer. Comme ils

**24. Phalanges :** formations de combat dans l'armée grecque antique.

ne connaissaient pas grand-chose du sujet à éliminer, à part son visage noir et toujours affublé d'un sourire éclatant, ils décidèrent de collecter des informations sur Joao. Théo, Armand, le Marseillais, et Olga, la deuxième Allemande de la classe, les plus doués en électronique, reçurent pour mission de visiter par effraction les archives virtuelles de l'École à la Maison©. Emna se proposa de nouer une amitié factice avec le petit Brésilien : quand elle aurait gagné sa confiance, elle découvrirait certainement une ou plusieurs failles exploitables. Les huit autres furent chargés d'exercer une pression constante sur les parents et maître Moda.

Après la classe, Emna s'invita sur la page perso de Joao. Il accepta de la recevoir après qu'elle eut décliné son identifiant et son mot de passe. Il souriait, et ses grands yeux brillaient comme deux lunes pleines dans le noir profond de son visage.

« Salut, dit Emna. Ça ne te dérange pas si on parle en français ?

– J'aime très bien cette langue, répondit Joao.

– Je venais... voir comment tu allais. On ne prend jamais le temps de discuter. Je ne te connais pas, je ne sais même pas quel est ton âge, ni où tu habites. »

Le sourire s'effaça un bref instant des lèvres de Joao.

« Je n'ai pas très le temps de discuter maintenant. J'ai du travail.

– Du travail ? On a fini les exercices. »

Emna se retint de justesse d'ajouter : même toi.

« Chez vous il est quatre heures de l'après-midi, chez moi il est huit heures du matin. »

Emna n'avait jamais pensé au problème du décalage horaire. Pour elle, la classe débutait le matin et finissait au milieu de l'après-midi. Elle se rendait compte, tout à coup, que Joao se levait aux alentours de minuit – ou veillait jusqu'à minuit – pour suivre les cours de maître Moda.

« Faut que j'aille, reprit le Brésilien.

– Je pourrai te revoir quand ?

– Essaie dimanche. Vers onze heures. Enfin, dix-neuf heures pour toi. »

Il interrompit la connexion sans laisser à sa correspondante le temps de réagir. Emna demeura un long moment songeuse avant de réunir les autres sur sa page perso.

« Il a du… travail ? s'étonna Salomé. Mais les enfants ne travaillent pas !

– Que tu crois ! Les entreprises délocalisées[25] de mon père emploient des enfants, affirma Théo. Et même très jeunes. Je l'ai appris en visitant sa double comptabilité.

– Qu'est-ce que vous avez trouvé dans les archives ? demanda Emna.

– Aucune inscription. Aucun ordre de virement. Aucune trace d'un quelconque Joao.

– Attendons dimanche, proposa Emna. Je réussirai peut-être à en savoir un peu plus. »

L'après-midi du dimanche s'égrena avec une lenteur désespérante. En proie à une fébrilité inhabituelle, Emna

**25. Entreprises délocalisées :** entreprises dont le lieu de production est déplacé à l'étranger pour faire des économies sur les coûts de production.

levait sans cesse les yeux sur la pendule fin XX^e^ que ses parents avaient dénichée à prix d'or sur un site de vente aux enchères.

Elle rongea son frein[26] jusqu'à dix-neuf heures. Elle essaya de tromper son impatience en consultant les archives de la télévision du XXI^e^ siècle. Ces extraits la fascinaient : issus d'une époque très proche, ils semblaient surgir d'une période lointaine, oubliée, de l'humanité. Papa et maman les regardaient avec émotion, s'extasiaient bruyamment sur le naturel de tel homme ou de telle femme enfermés dans un loft, regrettaient l'innocence perdue des humains modifiés. Pourtant, sans la correction génétique, sans le développement fulgurant de la biotechnologie, ils n'auraient pas gardé cette apparence de jeunes gens de vingt-cinq ans, eux qui en avouaient soixante-deux pour papa et soixante-six pour maman. Ils n'auraient même pas eu d'enfant. Maman avait conçu Emna à soixante ans et porté sa fille les trois mois réglementaires exigés par la loi Éthique et Maternité, quatre-vingt-dix jours amplement suffisants pour, selon les embryo-psychiatres, nouer un lien charnel avec le fœtus.

À dix-neuf heures précises, Emna se rendit sur la page de Joao. Il l'attendait, souriant comme toujours.

« Tu ne souhaites pas être mon amie, mais les autres et toi, vous me considérez en tant que gênant et cherchez un moyen de m'éliminer de la classe, lança-t-il en guise de bienvenue.

---

**26. Rongea son frein :** attendit avec impatience (familier).

– Mais…

– Laisse-moi finir. Après tu seras libre d'agir comme à ta guise. Je t'invite dans une visite guidée. »

Le visage de Joao s'effaça et fut supplanté par l'image d'une pièce. La caméra se déplaça sur les murs, sur le sol, sous le plafond, révéla des cloisons de tôle et de bois, des tentures de jute, des banquettes défoncées. C'était l'une de ces baraques de bric et de broc qu'on voyait dans certains reportages sur le Cablenet. Par les trous du plafond tombaient des rayons de lumière sale qui révélaient des dizaines de visages, jeunes et moins jeunes, entassés devant un antique écran à plasma.

« Mes condisciples, dit la voix de Joao. À chaque fois que je me connecte sur l'École à la Maison©, nous sommes entre trente et cinquante à suivre le cours. »

La webcam s'éloigna de la maison et se promena le long d'une favelle jonchée d'immondices. Des flaques d'une eau noire parsemaient la terre battue entre les constructions enchevêtrées. Des nuées de grosses mouches recouvraient des corps recroquevillés et criblés de plaies purulentes.

« Tu m'as demandé où j'habitais l'autre jour, poursuivit Joao. Pas de peine de dire, il suffit de montrer. C'est la même chose sur des dizaines de kilomètres. »

L'image tressauta pendant quelques instants avant de se stabiliser à nouveau. Le Brésilien avait gravi une éminence d'où il avait une vue d'ensemble de l'agglomération. Ni les colonnes de fumée ni les clochers ni les minarets[27]

**27. Minarets :** tours des mosquées.

ne parvenaient à briser la monotonie de l'océan de tôles ondulées, rouillées, cabossées. Des gémissements et des vociférations se détachaient de temps à autre de la rumeur assourdissante.

Emna faillit interrompre la connexion : elle ne sortait pas souvent de chez elle (une fois par semaine, et encore), et elle rencontrait les pires difficultés à affronter un environnement pourtant ordonné, agréable, rassurant. Une réaction absolument normale, disait la pédago-commerciale. Votre fille s'adaptera très vite quand le temps sera venu pour elle de s'insérer dans la communauté.

*Parents, l'École à la Maison© ne fait pas de votre enfant un inadapté social. Au contraire : il apportera son propre équilibre, sa propre harmonie au monde, il sera l'un de ceux qui auront entraîné l'humanité sur la voie de la connaissance et du progrès.*

L'objectif de la webcam revint se fixer sur le visage de Joao. Dans la lumière du jour, il paraissait nettement plus vieux que dans la fenêtre de sa page perso.

« Le prix d'une année scolaire à l'École à la Maison© est de trente mille euros de l'Europe Unie. C'est vingt-cinq ans de salaire pour cinquante ouvriers de chez moi. Impossible pour nous de payer. Notre gouvernement est en faillite, nous n'avons plus d'écoles, plus de professeurs. Un jour, une femme est venue dans la favela[28] et nous a montré comment pirater les cours. Elle appartenait à un

**28. Favela :** bidonville brésilien, habitation très précaire.

mouvement international clandestin pour la gratuité et la diffusion des connaissances. Elle a reprogrammé maître Moda pour qu'il m'accepte dans sa classe. Simplement lui et vous, les douze autres élèves, êtes informés de ma présence. Pas l'École à la Maison©. »

Son sourire se voila d'une légère amertume.

« Nous n'avons pas la puce biologique, reprit-il. Nous sommes des naturels. Et puis, il faut que tous mes condisciples comprennent les exercices. C'est pourquoi nous sommes souvent en retard.

– Pourquoi... pourquoi... »

Sa question s'étrangla dans la gorge d'Emna.

« Nous n'avons pas le choix. Vous non plus : des millions d'enfants de chez moi meurent du SIDA[29]. Les autres ont faim et sont prêts à se transformer en bombes humaines. Le mouvement pour la diffusion de la connaissance dit que la seule façon d'éviter le conflit, c'est d'instruire des gens qui pourront prendre dans leurs mains les rênes de leur pays.

– Pourquoi... me raconter tout ça ? »

La caméra recommença à se promener entre les toits de tôle, se perdit un instant dans la grisaille du ciel, s'attarda sur un groupe d'enfants aux ventres distendus en train de barboter dans une mare de boue.

« Vous êtes parmi les élèves les plus intelligents de l'Europe Unie, et, tôt ou tard, vous auriez fini de savoir que

**29. SIDA :** syndrome d'immunodéficience acquise ou VIH, maladie sexuellement transmissible qui attaque les défenses immunitaires de l'être humain et le rend vulnérable à toutes sortes de maladies et infections.

j'étais un clandestin. Autant vous le révéler tout de suite. À vous à prendre votre décision. Si elle n'est pas favorable, nous piraterons un autre cours.

– Nos familles le savent. Tôt ou tard, l'École à la Maison© l'apprendra.

– Vos parents ne se plaindront pas : ils ont trop peur que vous soyez exclus. »

Emna comprenait maintenant pourquoi maître Moda agitait le spectre du ministère de l'Éducation : même conseillés par les avocats les plus renommés, les gens fortunés hésitent à s'attaquer à une administration européenne. Ses parents, qui râlaient en privé, n'avaient jamais adressé de plainte officielle à la pédago-commerciale.

« Et le test NQI ? Vous l'avez trafiqué aussi ? »

Joao eut un rire musical qui déclencha des frissons dans la nuque d'Emna.

« C'est le seul truc que maître Moda n'a pas voulu, ou pu, changer. Nous étions quarante-deux à passer le test ! C'était un bordel joyeux, comme vous dites en français !

– Et tout le monde se lève à minuit ?

– Quand l'un de nous manque, c'est qu'il est mort.

– Tu as quel âge ?

– Douze ans. Six de plus que toi.

– Ton travail, c'est quoi ?

– La récupération du verre et du plastique dans les champs d'ordures.

J'ai de la chance : certains n'ont pas d'autre choix que de se prostituer ou de vendre un de leurs organes. »

Emna refoula à grand-peine une violente montée de larmes. Depuis combien de temps n'avait-elle pas pleuré ? Prise de panique, elle coupa la connexion et resta hébétée devant son écran transparent souligné par des contours lumineux. Une douleur aiguë lui irradiait la nuque.

*L'École à la Maison© vous assure à vous, parents, la tranquillité de l'esprit ; à vous, enfants, une connexion infinie avec le monde. L'École à la Maison©, un programme AvanTech.*

Les larmes roulaient en silence sur les joues d'Emna. Elle n'était pas allée au monde extérieur, le monde extérieur était venu à elle. Elle eut envie de crier, mais on n'élevait pas la voix dans une maison où régnaient calme, luxe et volupté. Pourrait-elle un jour pardonner à papa et à maman de lui avoir caché la cruauté des hommes ?

« Nous étudions d'abord la réaction des élèves face à ce qu'ils considèrent comme une injustice, puis, comme vous pouvez le constater, nous développons leurs capacités compassionnelles[30], déclara la pédago-commerciale.

Votre fille a parfaitement réussi son examen de passage. Nous veillons à ce que le progrès biotechnologique n'étouffe pas l'humanité des enfants.

– Et les autres élèves de la classe ? demanda papa.

– Ils seront soumis au test, d'une manière ou d'une autre. Certains refuseront l'épreuve, par manque d'inté-

**30. Capacités compassionnelles :** capacités à éprouver de la pitié pour les autres, empathie.

rêt, d'autres échoueront, défaut d'empathie[31]. Ils seront orientés vers une autre voie. Nous pensons, et le ministère européen avec nous, que la compassion doit faire partie de la panoplie des futurs dirigeants de ce monde. À propos d'avenir, je vous conseille en toute amitié d'investir dans les actions AvanTech : elles ont triplé en deux ans.

– Très fort, le coup du Brésilien dans son ghetto ! s'exclama papa. D'un réalisme terrifiant. On s'y croyait.

– J'espère bien : c'était réel, dit la pédago-commerciale avec un petit sourire. Nous ne combattons pas le piratage, nous préférons le recycler.

Ainsi, nous ne manquons jamais de cobaye pour tester le quotient émotionnel de nos élèves.

– Pas trop souvent quand même ! soupira maman. Je n'aime pas voir pleurer ma fille. »

« La Classe de maître Moda », © Pierre Bordage, 2002.

31. **Empathie :** capacité de s'identifier à autrui et de ressentir ses émotions.

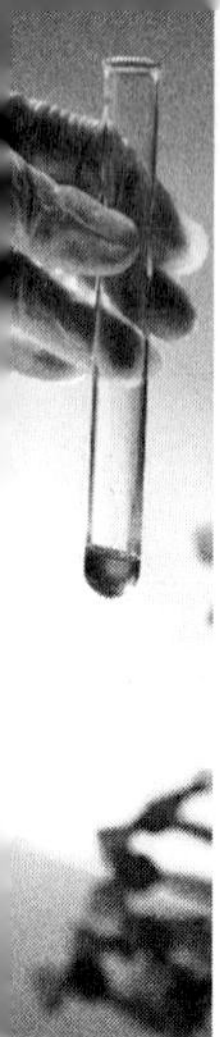



## QUESTIONS SUR « LA CLASSE DE MAÎTRE MODA »

### AI-JE BIEN LU ?

**1** Coche la bonne réponse.

**a.** Qu'est-ce que « L'École à la Maison » ?

- ☐ un programme d'éducation public
- ☐ un programme d'éducation pour enfants défavorisés
- ☐ une école d'excellence privée

**b.** Qu'est-ce que Salomé, Emna et Anet ont en commun ?

- ☐ Elles habitent dans les favelas.
- ☐ Elles ont un NQI supérieur à 300.
- ☐ Elles font partie d'une classe de CFM.

**c.** Qui est maître Moda ?

- ☐ un vieux professeur de sanskrit
- ☐ le concepteur du programme AvanTech
- ☐ un professeur virtuel

**d.** Pourquoi Joao est-il un élève particulier ?

- ☐ Il est le concepteur du système d'AvanTech.
- ☐ Il a un quotient intellectuel supérieur à celui des autres élèves.
- ☐ Il est un cobaye utilisé pour l'examen de passage.

### J'ANALYSE LE TEXTE

**Une classe exceptionnelle**

**2** Retrouve la signification des sigles dans la nouvelle.

**a.** NQI : ……………………………………………

**b.** CFA : ……………………………………………

**c.** CFM : ……………………………………………

**3** Qu'apprend-on sur la classe d'Emna ?

**a.** Les élèves :

- Effectif : ……………………………………………
- NQI : ……………………………………………

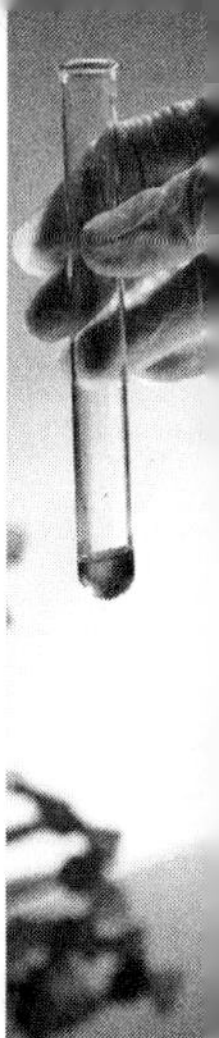



**b.** Le cours :

- Lieu : ..........
- Durée : ..........

**c.** Le professeur :

- Qualités : ..........
- Particularité : ..........

**Emna, une élève surdouée**

**4** Pourquoi Emna n'apprécie-t-elle pas Joao ?

**5** Quel passage du texte révèle la pression parentale que subit Emna quant à sa réussite scolaire ?

**6** À quel moment rencontre-t-elle les « pires difficultés » ?

**Maître Moda et ses Jedi**

**7** Quelles sont les deux significations du nom du maître ?

**8** Quel procédé scientifique confère aux élèves une grande réceptivité ?

**9** Qu'est-ce qui fait de maître Moda un professeur du futur ? (capacités, interventions, qualités).

**L'éducation du futur**

**10** Quelles sont les matières étudiées par Emna ?
Barre les mauvaises réponses.

| sanskrit | français | psychiatrie | sociologie | biotechnologie |
|---|---|---|---|---|

**11** Quelle est la fonction du texte écrit en italique ?

**a.** Coche la bonne réponse.

- ☐ convaincre
- ☐ émouvoir
- ☐ choquer
- ☐ expliquer

**b.** Justifie ta réponse.

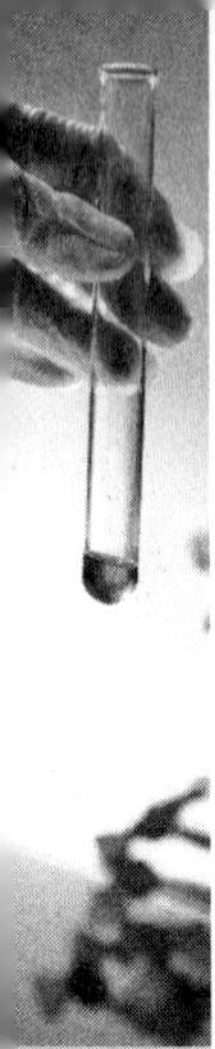



**12** **a.** « Nous sommes des naturels » (l. 451).
Quel sens donnes-tu au mot « naturels » ?
**b.** Donne un antonyme (contraire) de ce mot.
**c.** Pour quelle raison les élèves de maître Moda sont-il des humains augmentés (voir dossier p. 180) ?

**13** Relis les lignes 513-526.
**a.** À quel risque sont-ils exposés ?
**b.** Quelle solution la pédago-commerciale propose-t-elle pour écarter le risque ?
**c.** T'attendais-tu à cette solution ? Qu'en penses-tu ?

**14** Comment juges-tu les réactions d'Emna et de ses parents face à la situation de Joao ? Qui ressent de l'empathie pour lui ?

## JE FAIS LE BILAN

**15** Complète les phrases avec les mots-clés.

capacités | augmenter | brillants | disparités
quotient émotionnel | laissés pour compte | monde extérieur
cobayes | favorisés | classe

**a.** La nouvelle décrit une .................... du futur ouverte aux élèves .................... et .................... .
**b.** La technologie est utilisée pour .................... les performances d'élèves ayant déjà de fortes .................... .
**c.** Mais les élèves risquent d'être troublés lorsqu'ils se confrontent au .................... et aux fortes .................... sociales d'un système qui exclut de l'éducation de nombreux .................... .
**d.** Aussi ces derniers servent-ils de .................... pour tester le .................... des élèves.

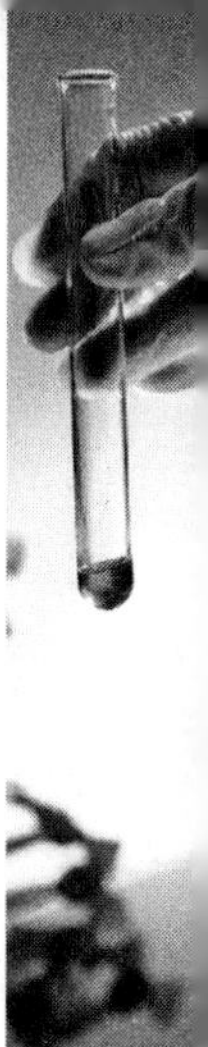

## JE FORMULE MES IMPRESSIONS

**16** Aimerais-tu être un élève de maître Moda ?

AIDE
Recherche des exemples dans la nouvelle pour appuyer ton opinion : douleur dans la nuque, pression parentale, apprentissage de plusieurs langues, classe performante...

## J'ÉTUDIE LA LANGUE

### Grammaire : les connecteurs logiques

INFO+
Pour construire un discours argumenté, on utilise des **connecteurs logiques** :
- à valeurs de cause (*en effet*, *parce que*...) ;
- à valeur de conséquence (*donc*, *c'est pourquoi*...) ;
- à valeur de concession (*certes*, *il est vrai*...) ;
- à valeur de but (*pour que*, *de sorte que*...) ;
- à valeur d'addition (*de plus*, *en outre*, *puis*...) ;
- à valeur d'opposition (*mais*, *pourtant*...).

**17** Souligne les connecteurs logiques, indique leur valeur, puis reformule chaque phrase avec un autre connecteur.

**a.** « Il avait obtenu un honorable 227/046 au test du NQI [...] mais il peinait dans certaines matières. »
- Valeur du connecteur : ..............................................................
- Reformulation de la phrase : ..............................................................

..............................................................

**b.** « Et puis, il faut que tous mes condisciples comprennent les exercices. C'est pourquoi nous sommes souvent en retard. »
- Valeur du connecteur : ..............................................................
- Reformulation de la phrase : ..............................................................

..............................................................

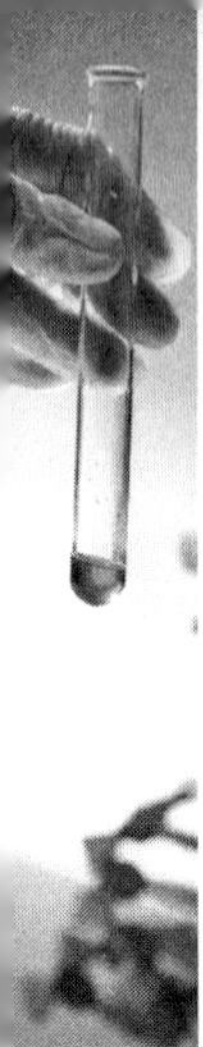





## Vocabulaire : la classe du futur

**18** Retrouve les mots mêlés dans la grille.
biotechnologie • biologique • programme • quotient • émotionnel • agrément • cursus • domicile • recyclage • biorythme • virtuel • génétique • compassion • empathie • connexion • piratage

| | | | | | | | | | | | | | | | | | | | |
|---|---|---|---|---|---|---|---|---|---|---|---|---|---|---|---|---|---|---|---|
| M | Y | N | N | R | E | C | Y | C | L | A | G | E | H | J | R | F | I | P | B |
| J | O | Q | U | O | T | I | E | N | T | P | H | F | T | O | Q | W | A | P | M |
| L | J | E | N | I | I | E | P | F | N | S | U | H | N | F | N | B | C | X | A |
| S | Ç | Z | M | B | Q | S | C | Z | H | N | K | T | E | Y | E | J | P | W | C |
| E | R | G | H | N | N | L | S | S | P | M | R | M | M | G | M | I | B | S | B |
| M | S | D | D | I | Z | E | G | A | V | S | O | W | E | I | O | Ç | J | U | E |
| H | P | E | X | E | K | E | I | A | P | H | A | P | R | L | T | L | K | S | W |
| T | H | I | E | T | U | L | T | H | U | M | G | U | G | S | I | X | H | R | V |
| Y | P | G | V | C | N | Q | V | I | T | S | O | L | A | N | O | Z | T | U | R |
| R | I | O | S | U | N | B | I | A | N | A | B | C | P | O | N | E | L | C | D |
| O | R | L | G | Z | I | A | Q | G | H | A | P | Y | E | I | N | T | Z | P | M |
| I | A | O | E | X | D | G | V | S | O | I | M | M | G | X | E | X | U | S | A |
| B | T | N | N | D | D | U | M | A | J | L | M | U | E | E | L | C | V | E | T |
| S | A | H | E | T | U | W | G | A | Y | A | O | T | H | N | E | B | I | L | O |
| W | G | C | T | Ç | E | Q | Ç | S | R | R | E | I | O | N | L | F | R | I | K |
| H | E | E | I | E | O | A | C | G | B | E | J | Z | B | O | Ç | Q | T | C | L |
| Y | M | T | Q | T | A | K | O | D | Y | O | E | B | Q | C | W | M | U | I | G |
| Q | V | O | U | E | Z | R | X | B | A | O | L | V | E | H | I | F | E | M | Y |
| R | Ç | I | E | R | P | D | R | P | A | K | P | P | Y | M | A | D | L | O | L |
| G | E | B | B | I | E | E | U | Z | P | P | N | E | V | L | E | M | X | D | U |

## J'ÉCRIS

### Écrire un récit de science-fiction

**19** Tu es le héros d'un récit de science fiction.
Tu entres en troisième.
Raconte ta journée au collège le jour de la rentrée.

## JE LIS L'IMAGE

**20** **a.** Décris l'arrière-plan de la photographie. Où les deux enfants se trouvent-ils ?
**b.** Compare la taille des enfants à la taille des sacs qu'ils portent.
**c.** Qu'est-ce qui est émouvant dans l'expression du visage des enfants ?

**21** Que penses-tu du travail des enfants ?

**22** Quel rapport établis-tu entre cette photo et la nouvelle « La Classe de maître Moda », de Pierre Bordage ?

Enfants dans une décharge près d'une favela à Rio.

# Anna passe son bac

« Moi, chuchota le voisin d'Anna, j'ai échoué en janvier dernier. »

Anna fut contente que ce grand garçon maigre et timide lui adresse la parole : dans l'immense préau contigu à la salle du bac virtuel[1], ils étaient une quinzaine, assis, à attendre l'appel de leur nom.

La plupart des candidats restaient crispés sur leur siège. Pour tuer le temps, quelques-uns grignotaient ; certains manipulaient leur tablette ou un smartphone ; d'autres, coupés du réel, patientaient avec leur casque total sur la tête sans qu'on puisse savoir s'ils s'étaient connectés sur un programme de jeu ou s'ils procédaient à d'ultimes révisions.

Parmi les jeunes candidats, un homme d'une cinquantaine d'années faisait tache. Il ne semblait pas moins nerveux que les autres ; il se mâchait la lèvre inférieure comme pour calmer son angoisse et poussait parfois un soupir qui faisait mal à Anna.

C'était son père. Il avait voulu la suivre jusque dans le préau d'attente et se mêler incognito aux candidats.

Anna passait le bac pour la première fois.

Les échecs étaient très fréquents ; mais en principe, on pouvait se représenter le mois suivant.

---

**1. Virtuel :** qui n'existe pas dans la réalité mais numériquement, dans un cyberespace.

« Tu n'as pas pu le repasser plus tôt ? demanda-t-elle à son voisin.

– Non : ma moyenne était trop médiocre. On m'a imposé six mois d'attente. Ah, je n'ai vraiment pas eu de chance ! »

À l'autre bout du préau, le père d'Anna lui jeta un regard complice. Il semblait soulagé qu'un autre candidat ait engagé la conversation avec elle.

Le garçon poussa un soupir à fendre l'âme. Puis il désigna à Anna cet inconnu âgé qui ne semblait pas savoir comment tuer le temps.

« Tu as vu, ce vieux type ? Incroyable, qu'on passe encore le bac à cet âge ! J'espère que je le décrocherai avant. »

Anna sourit sans répondre. Son père possédait le bac. Un autre bac. Qu'il avait passé voilà très longtemps. À une époque où le *bac virtuel* n'existait pas encore. Une époque où les candidats restaient assis face à une table pendant plusieurs heures. *Ils écrivaient.*

Anna imaginait très mal son père avec un casque de *réalité virtuelle* sur la tête. La seule fois où il avait dû en porter un, c'était lorsqu'il s'était décidé à passer son permis de conduire, il y avait un peu plus de dix ans… Une vraie catastrophe !

Pendant sa première épreuve de *permis virtuel*, il avait, en abordant un virage serré, flanqué sa voiture dans un fossé. La seconde fois, un mois plus tard, il s'était écrasé contre un mur. La troisième (et la dernière) fois, ça avait été encore plus terrible : il avait dû accélérer sur une autoroute, où il était interdit de rouler à moins de cent kilomètres/heure. Il avait alors doublé un camion, freiné sans raison, dérapé, franchi la barrière de sécurité, et heurté toute la file de véhicule qui roulait en sens inverse.

Il avait achevé sa course dans un camion-citerne qui avait explosé : au total, dix-huit morts et quarante-deux blessés. Ce qui signifiait : un an avant qu'il ne soit autorisé à repasser le permis.

Une précaution inutile : quand on lui avait retiré son casque, il était persuadé avoir *réellement* provoqué la catastrophe et ses victimes ; et il avait juré à sa fille que non seulement il ne se représenterait pas au permis, mais que par surcroît, il n'enfilerait plus jamais un *casque de réalité virtuelle*.

Anna considéra son père avec un regard attendri.

Soudain, la porte de la *salle du bac virtuel* s'ouvrit.

Dans le préau, les candidats sursautèrent et rangèrent précipitamment smartphones et tablettes. Ceux qui portaient un casque s'empressèrent de l'enlever. Un immense individu chauve, sourcils noirs et épais, regard acéré (Anna pensa même : cruel) scruta l'assistance sans indulgence et déclara sur un ton définitif :

« Mademoiselle Anna Lambert ?

– C'est moi », dit Anna d'une voix minuscule.

En se levant, elle aperçut son père qui lui adressait de la main un signe bref d'encouragement.

Elle passa devant le géant chauve et croisa le candidat précédent, dont elle allait prendre la place.

C'était une candidate. Anna ne put même pas distinguer son visage, car la jeune fille le cachait dans un mouchoir, où elle pleurait, sanglotait, reniflait et se mouchait tout à la fois.

« Formidable, songea Anna. Rien de tel pour détendre l'atmosphère. »

Les jambes flageolantes, elle entra.

La salle du bac était un étrange compromis entre un laboratoire de langues et un bloc opératoire : les murs d'un blanc aseptisé étaient tapissés d'appareils de mesure, que surveillaient deux techniciens. Au centre, séparés par des cloisons de verre dépoli, cinq candidats, casqués, sanglés sur leur fauteuil d'immersion totale, gigotaient en désordre, aux prises avec leur programme d'examen. Face à eux, un écran de contrôle – qu'ils ne pouvaient évidemment pas voir – débitait des informations codées, à l'intention de l'examinateur qui avait accueilli Anna.

« Veuillez vous installer ici, mademoiselle. »

Elle alla s'allonger sur le fauteuil. Un technicien s'approcha pour la sangler et lui fixer le casque sur la tête.

« Choisissez vos options sur le clavier, dit l'examinateur chauve… Ah ah, allemand et géographie ? *Wunderbar*[2] ! »

En plus, il parlait allemand. Anna le soupçonna d'être capable de se brancher sur son programme pour la coincer pendant le déroulement de l'épreuve.

« Avez-vous un chiffre fétiche ? Un numéro préféré ?

– Non, monsieur.

– Alors laissons faire l'ordinateur. »

2. ***Wunderbar*** : merveilleux.

Les sujets étaient soumis à un programme aléatoire. Aucune fraude n'était possible. Un code s'afficha sur l'écran.

« Vous êtes prête ? »

La dernière chose qu'elle aperçut avant que le casque ne recouvre son visage fut le regard amusé du géant chauve.

Puis ce fut l'obscurité et le silence.

Un pinceau de lumière se fixa sur son œil droit pour procéder à une rapide identification rétinienne[3]. Et une seconde plus tard, un superbe paysage apparut devant elle, dans un relief saisissant : un vallon où se mêlaient mimosas, pins parasols, et qui descendait en pente douce vers la mer. Une mer bleue, calme, inondée de soleil, dont les crêtes venaient s'écraser au loin sur quelques rochers ocre.

*« Ach ! Was ist denn das für eine See ? »*

Elle sursauta.

Elle se trouvait assise sur une étrange roulotte, à côté d'un individu vêtu d'un costume d'écuyer. Derrière eux progressaient à petite vitesse trois énormes camions sur lesquels s'inscrivait, en lettres rouges, au milieu de dessins d'animaux et d'acrobates, le mot ZIRKUS[4].

*« Was für ein Meer ? »* insista le cocher en désignant le lointain. « Das Ozean ? »

Quelle mer ? Quel océan ? En un éclair, Anna éluda le piège : les élèves qui choisissaient les options « allemand » et « géographie » potassaient tout particulièrement la

---

**3. Identification rétinienne :** identification grâce à une photographie de l'œil.
**4. *Zirkus* :** cirque.

géographie de l'Allemagne, supposant que l'épreuve se situerait dans ce pays. Et la réponse qui venait à l'esprit était la mer du Nord ou la mer baltique.

« *Die Riviera !*[5] » affirma Anna.

Tout à coup, elle reconnut à l'horizon la falaise caractéristique de l'île du Levant, et, perdue dans la brume, l'île de Port-Cros. Une chance qu'elle ait passé ses dernières vacances d'été à Cavalaire[6].

Elle ajouta aussitôt :

« *Wahrscheinlich liegt dort die Fastinsel von* Saint Tropez. *Und da drüben sind die Goldinsel :* les îles d'or : le Levant, Port-Cros und Porquerolles ! »

Le cocher approuva, visiblement satisfait. Puis il désigna un bouquet de lauriers roses, sur le bas-côté.

« *Ach ! Und diese Pflanzen ?...* »

Les plantes, maintenant ! Anna rassembla tout son vocabulaire de botanique et lui décrivit en détail toute la flore qu'ils côtoyaient.

Le cocher ne l'interrompit pas. Bon signe, songea Anna. Si le cirque ne quittait pas la côte d'Azur et si l'épreuve d'allemand se bornait à une conversation courante, c'était gagné !

Quand le convoi arriva sur la plage du Débarquement, un rugissement terrible surgit de l'un des camions.

« *Was ist denn das ?* demanda le cocher.

– *Ein Löwe !* un lion ! répliqua aussitôt Anna.

---

5. ***Die Riviera*** **:** la Riviera, région côtière qui s'étend de la Côte d'Azur jusqu'à l'Italie.
6. **Cavalaire :** commune se situant sur la Riviera.

– *Ich glaube, er ist hungrig !* » déclara le cocher en invitant Anna à descendre de son siège.

Bon. Voilà que le lion avait faim. Qu'y pouvait-elle ?

« *Sie müssen ihn füttern !* » lui dit son compagnon.

Comment ? Avait-elle bien entendu ? Elle devait lui donner à manger ? Elle aperçut alors, sur le flanc du camion, un dessin de son propre visage sous lequel s'étalaient les mots : *Anna, die berühmte Tierbändigerin !*

Elle, une dompteuse ? Alors qu'elle n'était jamais parvenue à apprendre à faire le beau à son chien ? Non, ce devait être une erreur…

Ce n'en était pas une.

En s'observant, Anna s'aperçut qu'elle portait une tunique en peau de léopard. D'ailleurs, les autres membres de la troupe – qui parlaient tous allemand – vinrent la saluer cordialement comme si elle avait toujours fait partie du cirque. Elle engagea la conversation, demanda où se trouvait sa roulotte, la viande pour les fauves, et se dirigea avec une certaine appréhension[7] vers les cages qu'on venait de déposer sur le sable.

À côté d'elle, le cocher lui prodiguait des conseils précis : avancer doucement la main droite, flatter la crinière[8] de la main gauche, calmer les fauves au moyen de formules consacrées – conseils destinés à lui éviter de se faire dévorer une main.

Anna savait très bien qu'elle se trouvait en ce moment dans une salle d'examen, et pas sur une plage face à des

**7. Appréhension :** peur.
**8. Flatter la crinière :** la tapoter, la caresser.

fauves ; elle savait aussi que ces conseils étaient en réalité une épreuve : si elle les comprenait mal, si elle n'agissait pas strictement comme on le lui demandait, les lions ne feraient d'elle qu'une bouchée… virtuelle ; et elle reviendrait passer son bac le mois suivant.

Tout de même, c'est avec une véritable appréhension qu'elle entra dans la cage, attentive aux consignes qu'on lui adressait en voix off.

Soudain, alors qu'un des trois fauves lui arrachait des mains un superbe morceau de viande, un cri jaillit derrière elle :

« *Die Löwin ! Die Löwin ist los !* »

Quoi ? Une lionne s'était échappée ?

Elle sortit de la cage à reculons comme on le lui recommandait. Quand elle se retourna, elle vit en effet la lionne qui s'éloignait paisiblement vers les dix-huit trous du golf de Cavalaire, voisin de la plage.

Désemparée, Anna voulut s'élancer à sa poursuite. Le cocher la retint :

« *Nein. Sowieso wird sie nicht zurück.* »

Bon. C'était trop tard, la lionne ne reviendrait pas. Anna avait-elle commis une erreur ? Elle se permit de le demander. Le cocher la rassura d'un sourire et d'une phrase :

« *Nein. Das war perfekt ! Aber wir brauchen unbedingt eine andere Löwin für heute abend.* »

Non. Elle avait parfaitement agi. La fuite de la lionne était donc prévue. Mais il fallait absolument trouver une autre lionne pour la représentation du soir.

« *Aber wie ?* demanda-t-elle : comment faire ?

– *Das ist ihr Problem.* »

C'était son problème. À elle. Rien que ça.

« *Und wie spät ist es ?* » demanda le cocher.

Elle consulta sa montre, vit qu'il était trois heures moins le quart, répondit :

« *Viertel vor elf.*

– *Also dann schnell !* »

Faire vite ? Soit. Elle ne réfléchit qu'une seconde, puis bondit vers une cabine téléphonique.

Le temps de l'épreuve était aussi compté. Ainsi que d'autres tests destinés à éprouver ses réflexes, sa logique, son comportement, certaines capacités physiques élémentaires. Et des connaissances de base dans d'autres domaines comme la géométrie, l'informatique, la mécanique, les sciences... Oh, les programmes mis au point pour le bac virtuel étaient soigneusement élaborés, dosés, rodés.

Elle ne s'étonna guère que tous ses correspondants (la police, les pompiers, la direction d'un zoo) lui répondent en allemand. Hélas, par la négative[9].

On lui conseilla d'appeler une réserve africaine, au Zaïre. Là, enfin, elle sut qu'elle avait frappé à la bonne porte.

« *Kein Problem ! Wir haben eine Löwin !* »

On avait donc une lionne pour elle au Zaïre (où, bizarrement, on parlait obstinément l'allemand).

Mais comment aller chercher le fauve ?

---

**9. Par la négative :** ils lui répondent « non ».

« *Mit dem Flugzeug* », lui répondit le cocher lorsqu'elle sortit de la cabine.

En avion ? Soit !

Anna appela un taxi et fila vers l'aéroport d'Hyères. Mais juste après Bormes-les-Mimosas, le véhicule se rangea sur le bas-côté.

« *Eine Panne !* » lui déclara aimablement le chauffeur.

Il avait une étrange ressemblance avec le cocher, ignorait tout de la langue française et ne fit pas un geste pour aller ouvrir le capot.

Anna déboucha le gicleur et remit en place le delco[10] en un temps record.

Hélas ! À l'aéroport d'Hyères, l'employée – qui ne parlait elle aussi que l'allemand – lui apprit qu'il n'existait aucune ligne directe avec Kinshasa.

Elle dut jongler avec les horaires et les correspondances sans disposer d'aucun atlas[11]. Elle crut avoir trouvé la solution en faisant escale à Frankfort, Beyrouth et Dakar lorsqu'elle s'aperçut, au moment d'acheter son billet, qu'elle ne disposait pas de la somme demandée.

« *Es gibt eine andere Lösung* », lui dit l'employée.

Il y avait une autre solution. Plus économique. Plus directe. Peut-être par l'Espagne ? Ou l'Algérie ? Mais en passant par l'est, bien sûr : Le Caire et Djibouti !

Anna sut qu'elle avait résolu le problème en constatant que le prix du billet correspondait exactement à la somme

---

**10. Déboucha le gicleur et remit en place le delco :** Anna répare la panne.
**11. Atlas :** ensemble de cartes géographiques.

dont elle disposait. Sans doute lui ferait-on cadeau de la lionne...

L'avion était un vieux Falcon 8 X dans lequel les instructions du décollage lui furent encore données en allemand. Son voisin, un grand type aux cheveux rares et aux sourcils épais (à qui ressemblait-il ? Au cocher ? Non : au chauffeur de taxi !) lui parlait de Goethe[12] au moment où l'avion décollait.

« *Ach, Goethe ! Und seine schöne Novelle :* Die Raüber ! »

*Les brigands*, un roman de Goethe ? Elle rectifia aussitôt : *Les brigands* était une pièce de théâtre. De Schiller. Écrite, il est vrai, à l'époque de Goethe. En 1782.

« *Und... diese Musik ?* »

Anna prêta l'oreille à la musique douce que diffusaient les haut-parleurs : un *Lied*[13] de Goethe, cette fois, en effet. *Le roi des Aulnes*.

« *Erlkönig, von Goethe. Und die Musik hat Franz Schubert komponiert !* »

Soudain, une voix angoissée interrompit le morceau : l'appareil avait un problème. Quelqu'un parlait-il allemand parmi les passagers ? Le voisin d'Anna n'esquissa pas le moindre geste pour se lever.

Elle se précipita alors vers la cabine de tête.

Les deux pilotes semblaient évanouis.

L'hôtesse demanda à Anna de prendre les commandes.

*Eh... mais je ne passe pas un bac technique !* songea-t-elle.

---

**12. J.W. von Goethe (1749-1832) :** écrivain allemand connu notamment pour *Faust*, tragédie parue en 1808.
**13. *Lied* :** poème allemand.

Elle n'avait joué que quelques heures sur *Flight Simulator 24*. Sans doute s'agissait-il d'une interférence avec un autre bac.

Comme pour confirmer les soupçons d'Anna, son voisin surgit derrière elle, rabroua[14] sèchement l'hôtesse et avertit Anna qu'il ne restait plus qu'une solution : sauter.

« Quoi ? *Wie bitte ?*

– *Ja ! Mit dem Fallschirm !* »

C'était la première fois qu'Anna sautait en parachute, mais elle ne se débrouilla pas trop mal grâce aux conseils de son aimable voisin, qui se garda bien de l'accompagner.

En revanche, quand elle tomba dans l'eau à deux cents mètres de la côte (sans doute celle d'Afrique ?), elle fut beaucoup plus sûre d'elle. Et elle s'appliqua à effectuer le trajet en un temps record, dans un crawl impeccable.

Vingt minutes plus tard, Anna était de retour au cirque avec une superbe lionne zaïroise ! Mais le cocher (qui ressemblait fort au pilote du jet qu'elle avait emprunté pour le voyage du retour) lui annonça une mauvaise nouvelle :

*« Unsere Trapezkünstlerin ist krank ! Können Sie sie heute abend vertreten ? »*

Comment ? Acceptait-elle de remplacer ce soir la trapéziste qui était souffrante ?

Mais jusqu'à quelles excentricités[15] ce maudit logiciel de bac allait-il l'entraîner ?

---

**14. Rabroua :** réprimanda, gronda.

**15. Excentricités :** actions très étranges, loufoques.

Bien sûr, elle accepta. Sans aucun enthousiasme. Le programme ne lui laissait guère le choix !

Et face à un public de plusieurs centaines de personnes, Anna exécuta des prodiges de souplesse et d'équilibre. Épuisée, à bout de souffle, elle se demandait si cette épreuve était la dernière, et combien de temps elle allait encore durer, lorsque son partenaire, qui la tenait à deux mains, quinze mètres au-dessus du sol, commença à l'entretenir comme si de rien n'était d'une théorie philosophique particulièrement obscure.

Plaisantait-il ? Non, pas le moins du monde.

Anna, entre deux sauts, se risqua à identifier le texte et son auteur : *La Critique de la raison pure*, de Kant.

« *Ja !* approuva joyeusement son partenaire au-dessus d'elle. *Und in der* Kritik der reinen Vernunft... »[16]

Tout en volant d'un trapèze à l'autre, Anna commença donc à débattre péniblement philosophie avec ce trapéziste inconnu qui ressemblait...

Soudain, à la même seconde, elle eut deux certitudes épouvantables : la première, c'était que le cocher-chauffeur-de-taxi-pilote-trapéziste n'était qu'une seule et même personne : son examinateur chauve aux épais sourcils ! Et la seconde, c'était que le trapèze qui venait vers elle était *beaucoup trop haut* !

Peut-être avait-elle mal calculé son élan. À moins que les concepteurs de ce programme n'aient présumé des capacités du candidat.

16. ***Kritik der reinen Vernunft*** : *Critique de la raison pure*, titre de l'œuvre du philosophe allemand Emmanuel Kant.

Anna entendit un hurlement de terreur monter des gradins.

Elle sut qu'elle tombait.

Qu'elle allait s'écraser au sol.

Qu'elle avait donc échoué.

À cause de Kant et d'un méchant numéro de trapèze volant.

Le vertige de sa chute dura deux secondes.

Et il fut suivi d'un tonnerre d'applaudissements.

Étourdie, Anna fit mine de se relever. Elle voulait au moins saluer ce public admiratif, qui ne lui tenait pas rigueur de son échec.

Mais elle s'aperçut qu'elle ne se trouvait plus sous le chapiteau, ni au centre de la piste, mais au milieu de la salle du bac virtuel, entourée d'une vingtaine de personnes qui l'applaudissaient à tout rompre.

« Mademoiselle, je vous félicite… »

Son examinateur venait de lui retirer son casque.

L'expression du géant chauve n'avait plus rien de sévère ni de cruel ; elle était au contraire admirative et bienveillante.

« Vous vous êtes tirée très brillamment de toutes les situations ! Je ne parle pas des épreuves d'allemand et de géographie, pour lesquelles vous avez fait preuve de connaissances à la fois larges et précises, très supérieures au niveau exigé, mais surtout des épreuves physiques où je me suis permis de vous entraîner, et pour lesquelles vous disposez de dons étonnants. Superbes performances ! Notamment en gymnastique et en natation. J'ai le plaisir de vous annoncer que vous êtes reçue. Avec la mention *très bien.* »

Une nouvelle salve d'applaudissements salua ce résultat. L'examinateur désigna les étudiants qui s'étaient mêlés aux techniciens.

« Quand j'ai compris de quels exploits vous étiez capable, je me suis permis de faire entrer les candidats qui attendaient dans le préau. Lorsque vous avez sauté en parachute, tous les fauteuils de simulation étaient libres. Certains de vos camarades se sont alors connectés sur votre programme pour admirer vos évolutions en direct. Tous les autres ont suivi vos exploits sur les écrans. »

Anna se leva. Elle continuait d'être l'objet de l'attention générale. Elle se sentait embarrassée, rougissante, et un peu faible sur ses jambes.

« Je... Merci ! Il faut... j'aimerais annoncer la bonne nouvelle à mon père.

– Ah ! fit l'examinateur en riant, c'était donc votre papa, cet homme qui n'est pas entré avec les autres candidats ? Je suppose qu'il vous attend avec impatience. »

Ils sortirent de la salle.

Et tous aperçurent – tous, c'est-à-dire les techniciens, l'examinateur et les quinze candidats –, au fond du préau d'attente, un homme assis qui ne leva même pas la tête vers eux.

C'était bien le père d'Anna.

Mais il semblait plongé dans une activité étrange.

Une activité qui l'absorbait entièrement, au point qu'il devait rester aveugle et sourd à tout ce qui l'entourait. Il tenait à la main un objet qui semblait capter non seulement ses regards, mais qui devait solliciter aussi son attention, son intelligence, sa sensibilité : parfois, il souriait ; d'autres fois, il soupirait ; quelquefois encore, il semblait ému au point que ses yeux devenaient humides.

Et pourtant, il restait parfaitement immobile.

L'assistance, immobile elle aussi, le contempla une minute sans rien dire, pétrifiée d'étonnement et d'admiration. Car il n'y avait presque plus personne, aujourd'hui, pour se livrer à cette distraction complexe, rare, baroque[17], et pour tout dire d'un autre âge.

Anna, avec un peu d'amertume[18], sut que le héros de la journée ne serait pas elle, mais son père.

Son père qui, enfin, leva un visage stupéfait vers ceux qui l'observaient en silence. Sans doute, durant tout le temps de l'examen, avait-il été loin, très loin d'eux tous. Plus loin encore que sa fille, qui le considérait, fière elle aussi, et quelque peu attendrie.

« Oh, vous étiez là ? » balbutia-t-il enfin, visiblement confus.

Alors, il referma et rangea très vite, dans sa poche, l'objet qui avait jusque-là capté toute son attention.

Puis, comme pour se justifier, il écarta les mains et murmura, sur un ton à la fois badin[19] et coupable :

« Oui… Pardonnez-moi : je lisais. »

Christian Grenier, « Anna passe son bac »,
*Virtuel, attention danger*, © Milan, coll. « Zanzibar », 1994.

---

**17. Distraction complexe, rare, baroque :** loisir devenu rare à l'ère des jeux virtuels.
**18. Amertume :** sentiment de déception mêlé de rancœur.
**19. Sur un ton […] badin :** sur le ton de la plaisanterie.

# QUESTIONS SUR « ANNA PASSE SON BAC »

## AI-JE BIEN LU ?

**1** Numérote les actions dans l'ordre chronologique.

- ....... Le père d'Anna lit un livre.
- ....... Anna doit nourrir des lions.
- ....... Anne se trouve dans une roulotte longeant la Riviera.
- ....... Anna choisit les options « géographie » et « allemand ».
- ....... Anna saute en parachute.
- ....... Anna obtient son bac avec mention très bien.
- ....... Anna s'envole pour une réserve de lions au Zaïre.
- ....... Anna réalise un numéro de trapéziste et fait une chute spectaculaire.

## J'ANALYSE LE TEXTE

### Une société du futur

**2** Qu'est-ce qu'un casque total ?

**3** **a.** À quel examen virtuel le père d'Anna a-t-il échoué ?
**b.** Pour quelles raisons ?
**c.** Que font les candidats en cas d'échec ?

**4** Pourquoi peut-on dire que la réalité virtuelle fait partie du quotidien d'Anna et de son père ?

### Des épreuves étranges

**5** Comment les connaissances d'Anna en géographie et en allemand sont-elles testées durant l'évaluation ? Réponds en citant deux exemples.

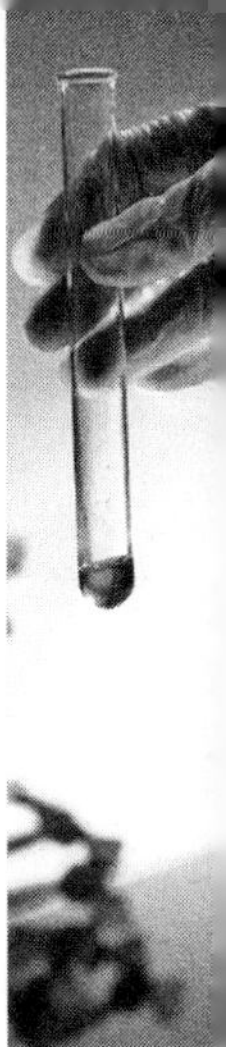

a. Évaluation d'Anna en géographie : ……………………………………

b. Évaluation d'Anna en allemand : ……………………………………

❻ Explique le mot « excentricités » à la ligne 319. Décompose-le et aide-toi d'un dictionnaire.

❼ **a.** Relève une épreuve excentrique parmi celles auxquelles se soumet Anna.
**b.** Explique ton choix.

### Une élève brillante

❽ Dresse le portrait d'Anna en quelques phrases. Indique ses compétences physiques, techniques et intellectuelles en rappelant les épreuves qu'elle a réussies.

❾ Explique les deux métaphores (images) dans les expressions suivantes :
**a.** « tonnerre d'applaudissements » (l. 356)
**b.** « salve d'applaudissements » (l. 379)

❿ **a.** Relève au moins deux adjectifs mélioratifs qui qualifient les exploits d'Anna aux lignes 369-376.
**b.** Pourquoi l'examinateur et les spectateurs sont-ils si enthousiastes ?

> INFO+
> • Un terme permettant d'émettre un jugement valorisant est dit **mélioratif**.
> • Un terme ayant un sens dévalorisant est dit **péjoratif**.

### Une réflexion sur la réalité

⓫ La nouvelle se termine par une chute, laquelle ?

⓬ Que ressent Anna lorsqu'elle voit son père qui lit un livre ? Entoure la bonne réponse.

*fierté* *embarras* **agacement** *joie* tristesse

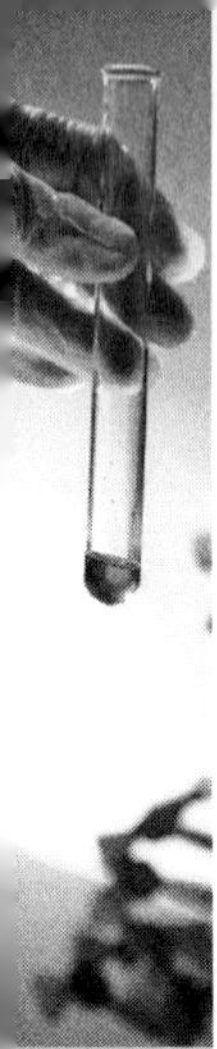



**13** **a.** Énumère les émotions ressenties par le père d'Anna pendant sa lecture (l. 403-410).
**b.** En quoi l'expérience de la lecture est-elle proche de celle vécue par Anna ?

## JE FAIS LE BILAN

**14** Complète les phrases avec les mots-clés.

virtuelles | réalité | casque | lecture
salve | réussit | permis

**a.** La nouvelle décrit une société du futur dans laquelle les examens se déroulent au moyen d'un .............................. qui simule la .............................. .
**b.** Les candidats passent le .............................. de conduire et le bac virtuellement.
**c.** Anna est une jeune héroïne qui .............................. brillamment les épreuves .............................. du bac et reçoit une .............................. d'applaudissements de la part des autres candidats.
**d.** La chute de la nouvelle fait un parallèle entre la .............................. et la réalité virtuelle : l'une comme l'autre nous font voyager dans une autre réalité, riche et instructive.

## JE FORMULE MES IMPRESSIONS

**15** Trouves-tu les épreuves du bac d'Anna difficiles ? Cite des passages du texte et commente-les.

AIDE
Retrouve dans la nouvelle les passages portant sur les épreuves de langue étrangère, de géographie, de sport, de mécanique, etc.

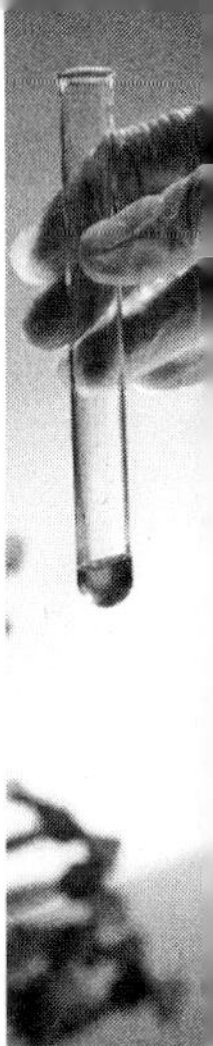



## J'ÉTUDIE LA LANGUE

### Vocabulaire : les antonymes

**16** Trouve l'antonyme (le contraire) de chacun des mots suivants.

**a.** virtuel → antonyme : ……………………………………………

**b.** médiocrement → antonyme : ……………………………………

**c.** angoissé → antonyme : …………………………………………

**d.** attendri → antonyme : …………………………………………

**e.** être reçu à un examen → antonyme : ……………………………

## JE PARTICIPE À UN DÉBAT

**17** Penses-tu que la réalité virtuelle améliore nos performances physiques et intellectuelles ?

AIDE

• Deux débatteurs s'opposent.

Conseils pour chacun des débatteurs :

– organise tes arguments et prends position (*oui, la réalité virtuelle améliore nos performances, car...* ou *non, je pense qu'au contraire elle diminue nos performances, parce que...*) ;

– donne des exemples concrets (*thérapie virtuelle pour vaincre les phobies, simulations de conduite pour les pilotes* ou exemples issus de la nouvelle).

• Un élève anime le débat, attribue un temps de parole équivalent à chaque débatteur.

• Le reste de la classe constitue le jury : les élèves notent la pertinence des arguments, des exemples, l'enchaînement du discours au moyen de liens logiques, la capacité à contre-argumenter, la correction de la langue.

Un vote désigne le vainqueur du débat.

## JE LIS L'IMAGE

**18** **a.** Décris l'image.
**b.** Selon toi, que fait la jeune femme ?

**19** Sur Internet, effectue des recherches à propos de la réalité virtuelle. Elle est notamment utilisée pour former à la prévention des risques, pour soigner ses phobies...

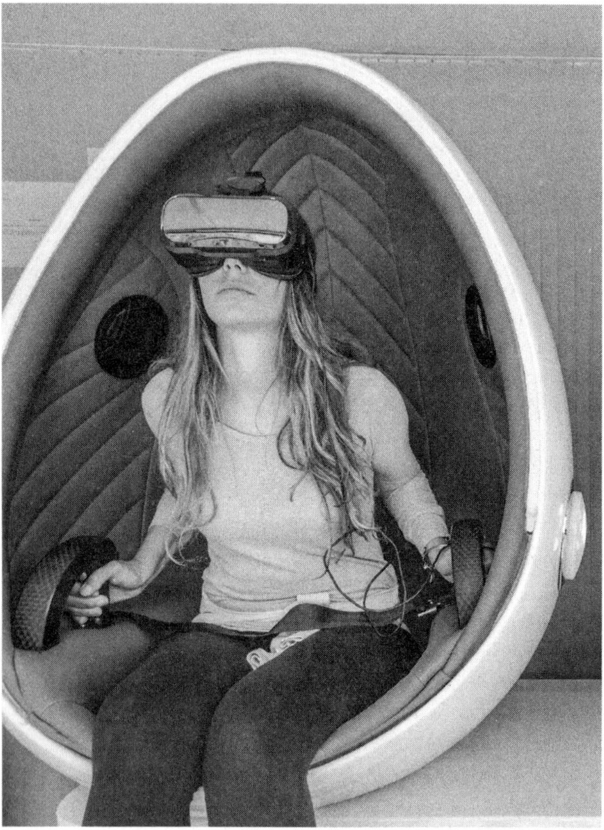

# Le Rituel des adieux

Greta quitte le lit où Jérôme dort encore, s'enveloppe de sa robe de maison préférée, celle à grands ramages prune sur fond écru[1]. L'étoffe est douillette. La qualité des nouveaux tissus, tous à base de produits recyclés, progresse chaque année pour plus de douceur, plus de chaleur en hiver, plus de fraîcheur en été. Depuis cinquante ans, le mois d'août est caniculaire[2] et pendant l'hiver, dans le nord de l'Europe, le thermomètre descend habituellement à – 30 ° C. C'est dans ces deux périodes de l'année que l'on enregistre les décès par maladie ou vieillesse précoce. La médecine soigne si bien les patients que les autres mois de l'année ne connaissent que les décès par accident et il y en a fort peu. Le principe de précaution inscrit dans la Constitution s'enrichit sans cesse de nouvelles règles qui interdisent de mourir avant 100 ans et de souffrir selon le corps ou l'esprit.

Greta veut vérifier sur les instruments domotiques[3] s'il y a toujours de la neige, s'il fait toujours aussi froid et quel est l'état des routes dans un rayon de trente kilomètres. Comme elle est émotionnellement un peu fragile en ce moment, elle relève le volet roulant du salon, alors qu'il

**1. À grands ramages prune sur fond écru :** au tissu représentant des rameaux et des feuilles, de couleur prune sur fond blanc.
**2. Caniculaire :** très chaud.
**3. Instruments domotiques :** outils électroniques, informatiques, physiques et automatiques permettant de contrôler les systèmes de la maison.

fait encore nuit, pour voir de ses yeux. Le parc, éclairé par les spots, est couvert d'une épaisse couche blanche, les branches des saules[4] pleurent sous le poids de la neige. Le chemin qui conduit aux garages des immeubles est couvert de plaques de glace superposées d'épaisseurs irrégulières, sillonnées par les traces brunes du salage[5].

Greta a 38 ans et elle attend son unique enfant. En Europe, la loi de 2060 ne permet plus qu'un enfant par femme pour tenter de réduire l'espèce qui a trop bien réussi pour l'exiguïté de la planète[6]. Évidemment, Greta n'est pas enceinte ; elle est cadre[7] à Neurotech et elle n'a pas le temps. D'autre part, ni elle ni Jérôme ne le désirait. Elle se doit d'avoir une image irréprochable et l'idée même de la déformation de son corps, parfait pour longtemps, leur est intolérable. Il y a huit mois, Jérôme et elle ont accueilli Indira, une jeune Indienne, pour une durée d'un an. Le contrat a été signé à Delhi avec le père de la jeune fille, très jolie, vierge et en bonne santé. Elle a été inséminée[8] avec un embryon soigneusement trié parmi ceux que Jérôme et Greta ont déposés à leur compte à la Banque de Vie de Bruxelles peu de temps après leur mariage, il y a cinq ans, alors qu'ils n'avaient pas terminé leurs études. Ils ont le projet de rester longtemps ensemble et de faire de leur union, puis de leur famille, une réussite humaine.

4. **Saules :** le saule pleureur est un arbre aux branches tombantes.
5. **Salage :** action de saler les routes pour éviter le verglas.
6. **Exiguïté de la planète :** petitesse de la Terre compte-tenu de la croissance démographique humaine exponentielle.
7. **Cadre :** personne ayant un poste à responsabilité dans une entreprise.
8. **Elle a été inséminée :** elle a été fécondée artificiellement.

Tous deux, ils veillent sur Indira, Greta surtout. Indira a une grande chambre bien éclairée, avec tous les livres et outils informatiques qu'elle désire ; elle profite de cette année à l'étranger pour s'instruire et se cultiver. Greta lui a offert un sitar[9] et lui rapporte souvent de petits cadeaux : un nouveau sari[10], un parfum, des fleurs. Elle l'emmène au musée, au cinéma, au concert, au théâtre, mais évidemment la jeune Indienne est surveillée par un bracelet électronique bijou au poignet. Il arrive que ces contractuelles[11] profitent de leur séjour en Europe pour s'enfuir, avorter et tenter de vivre une vie personnelle. Indira est très jeune et semble bien s'accommoder de sa condition ; elle est passive, souriante. Si son contrat se termine bien, il est probable que son père lui en trouvera aussitôt un autre en profitant du bon certificat[12] accordé par ses employeurs.

Aujourd'hui, Greta a des soucis. Elle se demande s'il est bon pour le bébé de faire participer Indira au rituel des adieux. Elle est aussi un peu fâchée que les routes soient si mauvaises. Il va falloir aller à Vilvorde, une des communes de la couronne où le passage des saleuses est si chichement accordé qu'il faut être un conducteur émérite[13] pour s'y risquer en ce moment. Le rituel concerne la grand-mère de Greta qui a 100 ans, et ses vieux amis ne se risqueront pas dans la neige ; ils enverront un message de regret mais la

**9. Sitar :** instrument de musique à cordes pincées.
**10. Sari :** longue pièce d'étoffe, vêtement traditionnel des femmes indiennes.
**11. Contractuelles :** personnes liées par un contrat à leur employeur.
**12. Certificat :** lettre certifiant de ses qualités professionnelles.
**13. Émérite :** d'une habileté remarquable.

fête sera un peu gâchée par leur absence. D'autre part, c'est la première fois que Greta a la tâche d'organiser un rituel des adieux pour une personne vivante. Aujourd'hui la fête d'anniversaire de la centenaire sera immédiatement suivie du rituel des adieux. Depuis 2075, la loi impose de quitter la vie à 100 ans. Comme les naissances, la mort est strictement régulée. Depuis le début du siècle, la vie s'est considérablement allongée et le nombre des centenaires pesait d'un poids insupportable sur la société. Il a donc fallu mettre un terme légal à l'aventure humaine, terme fixé à 100 ans en Europe et aux USA. Cela ne s'est pas fait sans d'âpres discussions philosophiques, éthiques, religieuses. Nécessité fait loi[14]. 100 ans est l'âge légal de la mort comme la majorité est à 18 ans. Il n'est pas sûr que cet âge limite ne sera pas révisé comme celui de la retraite actuellement fixé à 75 ans avec possibilité de prolonger l'activité pour ceux qui le désirent. Les Églises elles-mêmes ont dû faire une relecture des textes sacrés pour accorder leurs sacrements[15] à des vivants qui entrent dans la mort de leur plein gré sous la pression sociale, avec ou sans l'aide de Dieu.

Jérôme et Indira, encore en peignoirs de coton au sortir de la douche, rejoignent Greta derrière la baie vitrée de triple épaisseur isolante. Jérôme pense qu'Indira doit participer à la vie de la famille en toutes occasions. Le fœtus qui se développe dans le ventre de la mère porteuse ne doit pas vivre dans un bocal mais

**14. Nécessité fait loi :** expression qui signifie que certaines décisions sont justifiées uniquement parce qu'elles sont considérées comme inévitables.
**15. Sacrements :** rites sacrés de la religion chrétienne ; les derniers sacrements sont administrés aux mourants.

ressentir ses émotions et celles de ses parents. La mort est inévitable, et les larmes qu'on lui accorde font partie de l'éducation. Greta est convaincue et, afin qu'Indira ne prenne pas froid, elle l'aide à choisir dans le *dressing-room* un ensemble avec salopette bleu pâle et petite veste assortie, une parka, un pull jacquard et des bottines chaudes.

« N'oublie pas de prendre aussi les mitaines[16] que tu aimes bien avec leur petit gousset qui se rabat sur le bout des doigts quand on sort. »

Greta va elle-même se préparer. Il faut partir tôt pour être à l'heure aux deux cérémonies successives de la matinée. Elles vont avoir lieu au cérémonium de Vilvorde et plusieurs familles se succèdent dans les salles de réception. Les appariteurs[17] sont d'une parfaite délicatesse mais doivent respecter les horaires.

À l'entrée du parc, un gardien les attend et les aide à garer la voiture sur le parking verglacé. Les portes du hall s'ouvrent devant eux et un appariteur en habit gris fer et cravate rouge les conduit au salon. Plusieurs des invités sont déjà là. Greta embrasse sa mère qui paraît à peine plus âgée qu'elle et son troisième compagnon qu'elle connaît peu. Celui que Greta aime comme son père a été le deuxième compagnon de sa mère et elle le rencontre encore souvent, généralement à midi, au restaurant de Neurotech. Le premier compagnon de sa mère était son père biologique mais elle n'en a aucun souvenir. Birgit,

**16. Mitaines :** gants ne couvrant que les premières phalanges des doigts.
**17. Appariteurs :** préparateurs chargés du bon déroulement de la cérémonie.

la mère de Greta, embrasse affectueusement Indira, lui fait compliment de son teint clair préservé du dangereux soleil.

« On fera une belle fête familiale à la maison pour l'arrivée du bébé, n'est-ce pas ? » dit-elle en se retournant vers son compagnon, qui confirme gentiment. Greta en est contente ; d'ailleurs, il a déjà sympathisé avec Jérôme. Le salon se remplit peu à peu. On s'embrasse, on raconte les difficultés de la route, on échange des nouvelles des absents.

Mais l'homme en habit gris, sans hausser le ton, place tout le monde en arc de cercle et les deux battants de la porte s'écartent quand il actionne la cellule photoélectrique[18]. La centenaire entre sous les applaudissements dans son fauteuil roulant poussé par une gracieuse assistante en tailleur blanc. La vieille dame porte un chemisier volanté[19] sous son ensemble violine et son *brushing* est du matin même. Derrière elle, des serveuses poussent deux tables nappées, l'une porte les cadeaux d'anniversaire, l'autre le buffet campagnard signé du meilleur traiteur de Bruxelles. Greta, une coupe de roses dans les bras, est la première à embrasser la centenaire parce qu'elle est sa petite-fille. C'est elle aussi qui prononce le compliment. Une longue vie réussie, une brillante carrière professionnelle, des amours harmonieuses[20], une descendance qui,

---

**18. Cellule photoélectrique :** dispositif composé d'un capteur des rayons lumineux permettant d'ouvrir la porte à deux battants.
**19. Chemisier volanté :** chemisier à volant.
**20. Amours harmonieuses :** « amour » est un nom masculin devenant féminin au pluriel, comme « délice » et « orgue ».

dans trois mois, comptera un membre de plus… Là, Greta amène tendrement Indira devant le fauteuil roulant pour qu'elle offre un bouquet et des bonbons dans un cornet de dentelle. Chaque invité apporte à son tour des fleurs et des bonbons. Bon anniversaire, Madame ! Les femmes font un baiser sur la joue, les hommes sur la main. On applaudit.

Puis on s'approche du buffet et la centenaire boit sa coupe de champagne. La porte s'ouvre à nouveau et le gâteau avec ses cent bougies allumées est présenté sur l'air de *Happy Birthday to you* qui n'a pas changé depuis plus de cent ans. Il ne reste plus à la doyenne[21] qu'à souffler ses bougies et son assistante fait rapidement pivoter le fauteuil en direction de la sortie. Un instant, Greta croise le regard de son aïeule[21] et elle a l'impression que la vieille dame tente de se lever et de l'appeler, tend une main…

Les portes, à peine refermées, s'ouvrent à nouveau. Le chant d'anniversaire s'est éteint et l'appariteur, qui porte maintenant une cravate noire, dirige les invités vers un autre salon.

Plusieurs rangs de chaises sont en hémicycle autour du catafalque[22] drapé de velours grenat devant des tentures du même velours sur un mur aveugle. La centenaire dort calmement sur un coussin dans une gondole de bois clair qui vogue sur les fleurs au-dessus du catafalque. Tous les invités s'asseyent en silence. Quand la loi sur la fin de vie fut votée, beaucoup auraient préféré qu'on apportât un cercueil mais le comité de réflexion avait jugé qu'une

---

**21. Doyenne, aïeule :** personne âgée d'une famille, grand-mère ou arrière-grand-mère.
**22. Catafalque :** estrade sur laquelle on place un cercueil.

société responsable devait assumer ses choix éthiques, que la mort devait intervenir devant témoins. Bien que la famille n'ait plus de pratiques religieuses depuis deux générations, Greta, par amour, a préféré convoquer un prêtre pour les derniers instants. Il psalmodie[23] en latin que plus personne ne comprend. Le petit servant, beau comme un ange de la Sixtine[24], balance son encensoir[25] et porte la fiole[26] des huiles saintes. Alors, le prêtre oint le front et les mains[27] de celle qui va mourir. L'assistante masquée d'un loup vénitien[28] blanc, sans écarter les vêtements, plante sa seringue droit dans le cœur et injecte le liquide létal[29]. L'endormie n'a pas bougé. Simplement, son visage a pris les tons et la consistance d'un vieil ivoire[30]. « Kommt, ihr Töchter, helft mir klagen »... le chœur de la *Passion selon Saint Matthieu*[31] s'élève pendant que les invités, un à un, posent la main sur la barque des morts avant de sortir.

Ils se rassemblent dans le salon d'anniversaire où des tables ont été dressées. Le gâteau est partagé et l'on sert, au choix, du café, du thé ou du chocolat. On mange d'abord en silence, puis les conversations reprennent.

---

**23. Psalmodie :** dit d'une voix monotone ou chante des psaumes bibliques.
**24. La Sixtine :** la chapelle Sixtine se trouvant au Vatican et décorée de peintures religieuses.
**25. Encensoir :** vase permettant de brûler l'encens.
**26. Fiole :** flacon.
**27. Oint le front et les mains :** le prêtre touche le front et les mains du mourant avec les huiles pour donner l'extrême-onction.
**28. Loup vénitien :** masque cachant le visage lors du carnaval de Venise.
**29. Létal :** mortel.
**30. Ivoire :** matière blanche composant les dents et les défenses des animaux.
**31. *Passion selon Saint Matthieu* :** chant lyrique fondé sur le texte de l'Évangile, du compositeur allemand Jean-Sébastien Bach.

Une demi-heure plus tard – les temps ont été respectés – Greta sort sur un signe discret de l'appariteur resurgi[32]. Il lui montre le cylindre noir cerclé d'argent qui contient les cendres et qu'un chauffeur en uniforme noir emporte dans le fourgon mortuaire déjà garni de toutes les fleurs de la cérémonie.

Il n'y a plus, pour les proches, qu'à le suivre en voiture jusqu'au cimetière de Wemmel. Le cimetière est un champ de murets parallèles numérotés, chaque muret contenant cinquante alvéoles[33] semblables fermés d'une porte inviolable[34] portant un nom et deux dates. Greta, qui se fait accompagner d'Indira, doit porter elle-même l'urne dans l'alvéole, avant que le gardien ne le referme pour sa courte éternité humaine. On dispose les fleurs au pied du muret, puis on s'en va.

Jérôme au volant, Greta près de lui et Indira sur la banquette arrière retraversent Bruxelles. Le ciel de neige est si bas près des étangs que l'air qu'on respire est d'une épaisse blancheur translucide[35].

Et soudain, Greta pleure sans plus pouvoir s'arrêter. Derrière elle, Indira pleure aussi.

Colette Jacques Veaux, « Le Rituel des adieux »


---

**32. Resurgi :** réapparu.
**33. Alvéoles :** petites cavités.
**34. Porte inviolable :** qui ne peut être ouverte par la force.
**35. Translucide :** qui laisse passer la lumière.

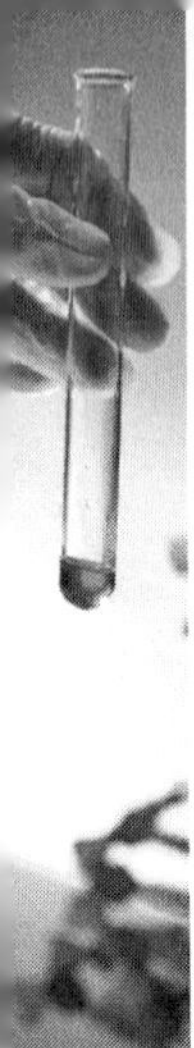



## QUESTIONS SUR « LE RITUEL DES ADIEUX »

### AI-JE BIEN LU ?

**1** Coche la bonne réponse.

**a.** Greta est...
- ☐ une centenaire.
- ☐ une cadre de Neurotech.
- ☐ la mère de Birgit.

**b.** Greta et Jérôme sont...
- ☐ les employeurs d'Indira.
- ☐ les parents de deux enfants.
- ☐ des appariteurs de la cérémonie des adieux.

**c.** La loi de 2075 fixe...
- ☐ le nombre d'enfant par femme à 2 enfants.
- ☐ l'âge pour quitter la vie à 100 ans.
- ☐ l'âge de la retraite à 70 ans.

### J'ANALYSE LE TEXTE

**La société du futur**

**2** **a.** Relève des indications temporelles qui montrent que le récit se déroule dans le futur.
**b.** Quelles innovations domotiques améliorent le quotidien de Greta et Jérôme ?

**3** Quel procédé médical permet à Indira de porter l'enfant du couple ? Cite le texte.

**4** **a.** Selon toi, Indira est-elle bien traitée par le couple ?
**b.** Pourquoi porte-t-elle un bracelet électronique au poignet ?

**La régulation de la démographie**

**5** **a.** Quelles lois ont été proclamées pour réguler la croissance démographique ?

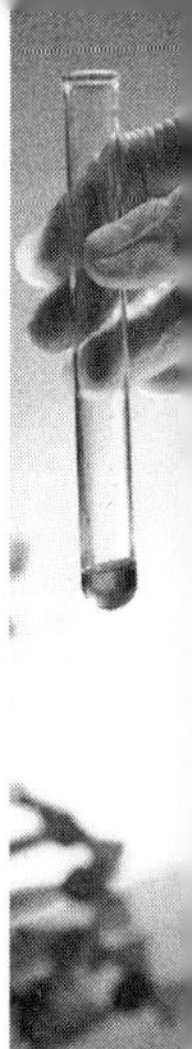



**b.** Pourquoi limiter le nombre d'habitants sur Terre ? Appuie-toi sur une métaphore (l. 78-79).

INFO+
La **démographie** est l'étude quantitative des populations.

**6** **a.** La décision de voter la loi de 2075 a-t-elle été facile à prendre ? Pour répondre, donne le sens du mot « âpres » (l. 82).
**b.** Selon toi, pourquoi les Églises ont-elles dû faire une relecture des textes sacrés ?

## La fête d'anniversaire et le rituel des adieux

**7** Numérote dans l'ordre chronologique les étapes des cérémonies :

- [........] Le cylindre est placé dans une alvéole au cimetière.
- [........] Les invités offrent leurs cadeaux.
- [........] La centenaire boit une coupe de champagne.
- [........] La doyenne dort sur un coussin dans une gondole de bois.
- [........] Une assistante fait une injection létale à l'aïeule.
- [........] Un cylindre noir, contenant les cendres de la défunte, est transporté au cimetière.
- [........] Greta prononce son compliment.
- [........] Le gâteau est présenté sur l'air de *Happy Birthday to you.*

**8** **a.** Que sous-entend l'emploi de l'adverbe « rapidement » à la ligne 160 ?
**b.** Relève d'autres adverbes de temps qui montrent que la cérémonie est minutée et ne laisse pas de place aux émotions.

**9** Quelle dernière vision de sa grand-mère Greta emporte-t-elle ?

## Une fin ouverte

**10** **a.** Selon toi, pourquoi Greta pleure-elle en rentrant chez elle et non à la cérémonie ?

**b.** Indira pleure-t-elle pour les mêmes raisons ?

**11** Formule une hypothèse personnelle : l'augmentation de l'espérance de vie grâce à la médecine rend-elle les hommes plus heureux ?

## JE FAIS LE BILAN

**12** Complète le bilan à l'aide des mots-clés :

conséquences | surpeuplée | centenaires | espérance | religieuses | enfant | Europe | éthiques | ouverte | démographique

**a.** La nouvelle présente une société dans laquelle l'.................. de vie est accrue grâce aux progrès de la médecine.

**b.** L'accroissement .................. entraîne des conséquences sur les lois et les pratiques .................. .

**c.** Les États-Unis et l'.................. ont voté deux lois : les femmes n'ont le droit d'avoir qu'un seul .................. et les .................. doivent quitter la vie le jour de leur anniversaire pour que la Terre ne soit pas .................. .

**d.** Obliger une personne vivante à mourir pose des problèmes .................. .

**e.** La fin de la nouvelle est .................. . Elle engage le lecteur à réfléchir aux .................. de l'augmentation de l'espérance de vie pour la société.

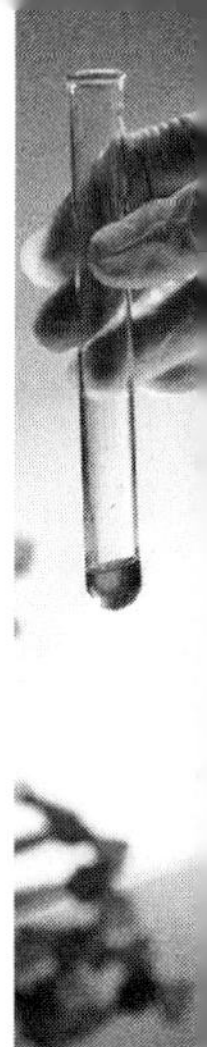



## JE FORMULE MES IMPRESSIONS

**13** Que penses-tu des deux lois présentées dans la nouvelle, celle de 2060 et celle de 2075 ? Es-tu d'accord avec tout ou partie de ces lois ?

## J'ÉTUDIE LA LANGUE

### Grammaire : la forme passive

INFO+

• Un verbe est à a **forme active** quand le sujet accomplit l'action, à la **forme passive** quand il subit l'action :
*Le vent arrache l'arbre* (forme active)
*L'arbre est arraché par le vent* (forme passive).

• Selon l'élément que l'on veut mettre en valeur (ici, la force du vent ou la chute de l'arbre), on choisit la forme active ou passive.

• Pour identifier le temps d'un verbe passif, on identifie le temps de l'auxiliaire (*est arraché* → présent passif).

**14** Souligne les formes passives dans le passage suivant et identifie leurs temps.

> « Ils se rassemblent dans le salon d'anniversaire où des tables ont été dressées. Le gâteau est partagé et l'on sert, au choix, du café, du thé ou du chocolat. On mange d'abord en silence, puis les conversations reprennent. Une demi-heure plus tard – les temps ont été respectés – Greta sort sur un signe discret de l'appariteur resurgi. »

**15** Transforme à la forme passive les phrases suivantes :

**a.** L'homme en habit gris place tout le monde en arc de cercle.

**b.** Birgit organisera une grande fête de famille pour la naissance du bébé.

**c.** Les invités apportèrent des cadeaux à la doyenne.

## J'ÉCRIS

### Écrire en changeant de point de vue

**16** Quelques années plus tard, Greta explique à son enfant comment s'est déroulée la cérémonie des adieux de sa grand-mère et ce qu'elle a ressenti.

AIDE
- Imagine le récit de Greta en reprenant les étapes de la cérémonie (voir question 7).
- Utilise les temps du passé et le pronom personnel « je ».
- Exprime les émotions de Greta : inquiétude, car elle organise pour la première fois le rituel ; doute, quand elle voit sa grand-mère pour la dernière fois ; tristesse finale.
- Décris les réactions des proches de Greta : sa mère Birgit, Jérôme, Indira.
- Imagine les interrogations et les doutes des personnages à propos de la loi de 2075.

## JE PARTICIPE À UN DÉBAT

**17** Es-tu pour ou contre les techniques médicales qui permettent de lutter contre le vieillissement (opérations esthétiques, *lifting*, déridage, implants capillaires, prothèses articulaires, greffes d'organes, clonage de cellules et thérapie génique) ?

AIDE
- Formez des groupes de cinq : un animateur, deux élèves pour les techniques luttant contre le vieillissement, deux autres contre, et disposez les tables comme dans une émission de débat politique.
- Prépare sur une feuille ce que tu vas dire pour défendre ta thèse.
- Tu peux faire une recherche sur les expressions « médecine anti-âge » et « médecine régénérative ».

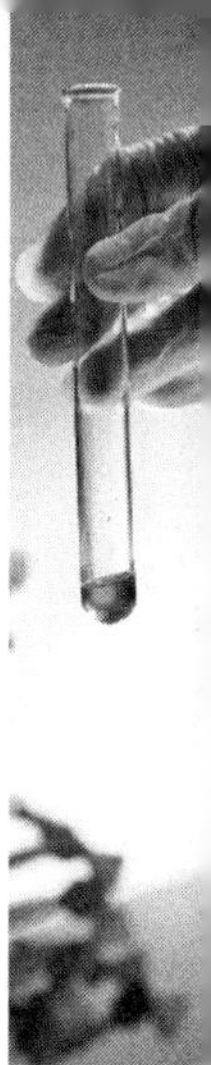

## POUR ALLER PLUS LOIN

### MOTS CROISÉS

**Les mots de la science-fiction**

❶ Place dans la grille les mots correspondant aux définitions.

HORIZONTALEMENT

**1.** Machine qui accomplit des tâches à la place des humains.
**2.** Dispositif artificiel destiné à remplacer un membre.
**3.** Se dit d'un être modifié génétiquement par les scientifiques.
**4.** Être composé de parties disparates (mi-homme, mi-animal).
**5.** Se dit d'une réalité simulée par ordinateur (par exemple dans un jeu vidéo).

VERTICALEMENT

**6.** Être mi-homme, mi-robot.
**7.** Science qui étudie les gènes.
**8.** Êtres vivants reproduits à l'identique de leurs originaux.
**9.** Qui se rapporte à la morale.
**10.** Récit de science-fiction dans lequel la société idéale devient cauchemardesque.

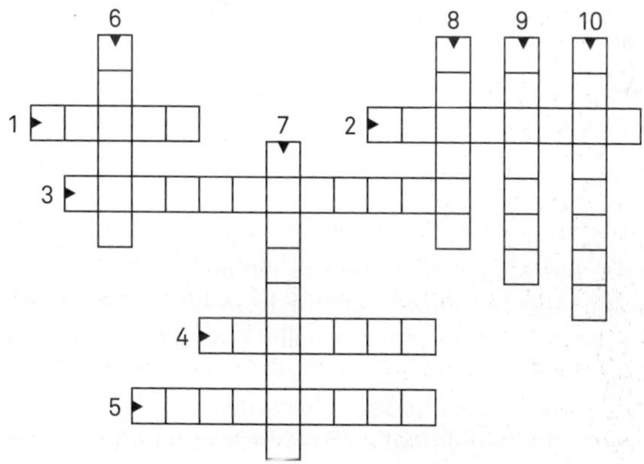

## J'ÉCRIS À PARTIR D'UNE IMAGE

▶ RETROUVE CE VISUEL EN COULEURS SUR LE PLAT 1 DE COUVERTURE

Imagine et raconte la scène représentée en une trentaine de lignes.

AIDE

- Commence par observer et décrire l'image sous forme de notes : personnages, couleurs, lumière, formes géométriques…
- Imagine quelles fonctions peut remplir l'être virtuel au centre de l'image.
- Invente une histoire autour de cette image.
- Concentre-toi sur le moment de la scène représenté sur l'image pour rédiger ton texte.

# Faut-il avoir peur du progrès ?

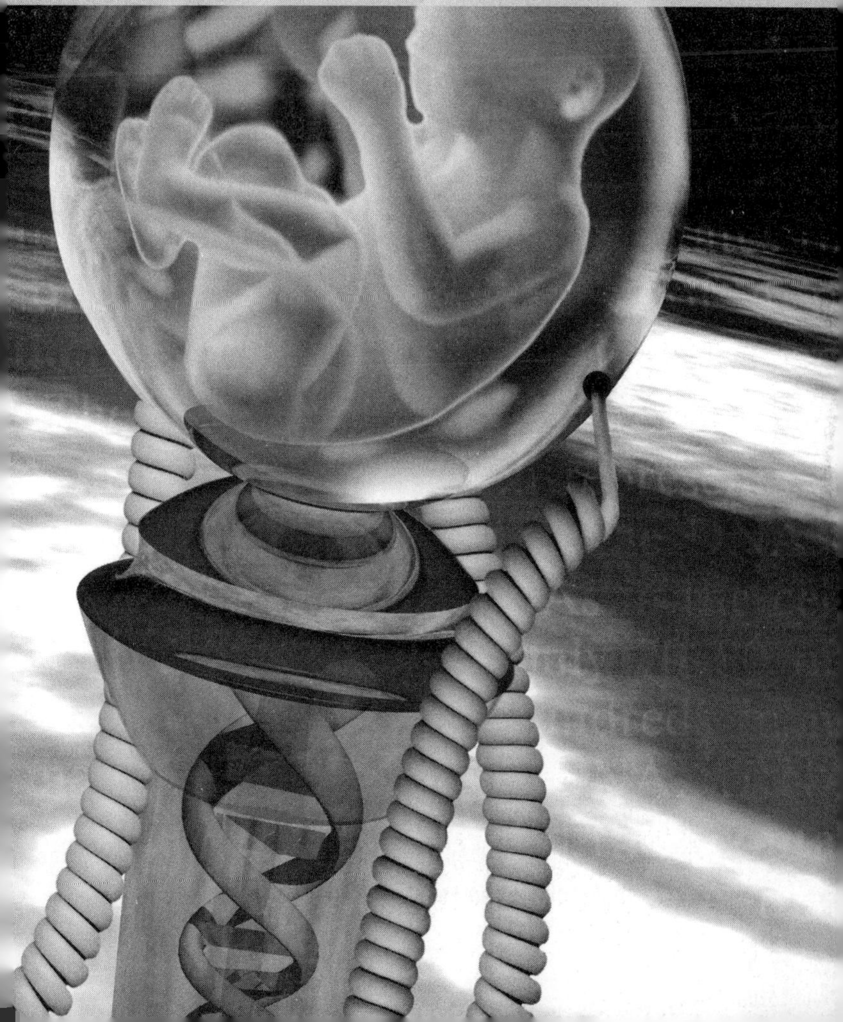

# L'idée de progrès au XIXe siècle

## La foi dans le progrès

• Le XIXe siècle est marqué par des avancées scientifiques et techniques considérables dont la littérature se fait l'écho. La maîtrise de la vapeur, le développement des réseaux ferrés puis de l'électricité ouvrent la voie de l'ère industrielle. En médecine, le premier vaccin contre la rage est mis au point par Pasteur (1822-1895), Pierre et Marie Curie découvrent le radium (1898), on pratique les premières greffes d'organes.

• Les écrivains louent le « progrès » et croient en un avenir meilleur. Dans son recueil de poèmes *La Légende des siècles* (1859), Victor Hugo écrit une histoire de l'humanité conçue comme un hymne au progrès. Émile Zola compulse les travaux du savant Claude Bernard et se nourrit des dernières découvertes scientifiques : ainsi, dans le roman *Le Docteur Pascal* (1893), son personnage étudie les mystères de la conception, de la génétique et de l'atavisme (transmission de certains caractères de génération en génération).

## Le progrès mis en question : la figure du savant fou

• S'inspirant des innovations scientifiques, les premiers auteurs de science-fiction imaginent les dérives auxquelles s'expose une humanité qui ne contrôlerait pas la science. « Science sans conscience n'est que ruine de l'âme » disait déjà Rabelais au XVIe siècle.

• C'est dans le prolongement de cette réflexion que Mary Shelley écrit son roman *Frankenstein ou le Prométhée moderne* (1818). Elle imagine l'histoire de Victor Frankenstein et, à travers ce personnage, la figure du savant fou. Dès que s'éveille l'être fait de chairs mortes qu'il a créé, Frankenstein est épouvanté.

• Dans « Clarisse », le généticien Joos est un avatar moderne de la figure du savant fou. Il est prêt à tuer Oxiane pour préserver le secret de ses expériences, persuadé d'agir pour le bien de l'humanité. La nature hybride (mi-femme, mi-singe) de Clarisse la rapproche, quant à elle, de la créature façonnée par Frankenstein et rappelle aussi les monstres nés des expériences du docteur Moreau, personnage inventé par H.G. Wells dans son roman *L'Île du docteur Moreau* (1896).

## — Image du film *Frankenstein* (1931), de James Whale

*Victor Frankenstein est un jeune scientifique qui veut créer un être humain à partir de morceaux de cadavres. Son expérience tourne au cauchemar quand il découvre qu'il a en fait conçu un être d'apparence monstrueuse qui ne lui inspire que dégoût et pitié. Pris de terreur, il s'enfuit, laissant sa créature livrée à elle-même.*

▸ QUESTIONS SUR L'IMAGE

**1. a.** Décris cette image : décor, premier plan, arrière-plan…
**b.** Selon toi, à quel moment de l'histoire correspond-elle ?
**2. a.** Décris l'expression du visage de Frankenstein.
**b.** Quels sentiments semble-t-il éprouver ?
**3.** Quels points communs et quelles différences (réactions vis-à-vis de leur créature, traits de caractère…) peux-tu trouver entre le savant Frankenstein et le généticien Joos de la nouvelle « Clarisse » ?

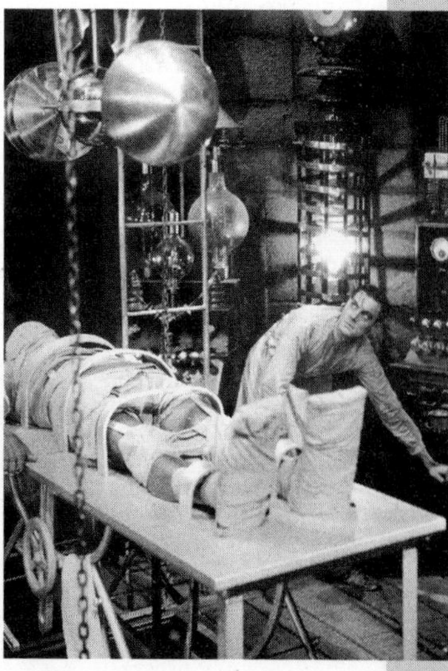

Image du film *Frankenstein* (1931), de James Whale, avec Boris Karloff (la Créature) et Colin Clive (le savant).

# Les progrès médicaux aux XXᵉ et XXIᵉ siècles

Au XXᵉ siècle, la médecine progresse rapidement, notamment grâce aux avancées des biotechnologies et de la génétique. Alors qu'au XIXᵉ siècle les chirurgiens pratiquaient les premières greffes de peau, ils accomplissent désormais des exploits chirurgicaux : ils parviennent à greffer un rein, une cornée, un foie, un cœur. Ils implantent également des prothèses robotisées contrôlées par la pensée.

## Les greffes

• La science permet aujourd'hui de greffer des prothèses pour remplacer un membre manquant ou pour assister un organe déficient chez une personne accidentée ou malade. On appelle « homme augmenté » un être humain dont les capacités physiques sont améliorées par la médecine et la technologie.

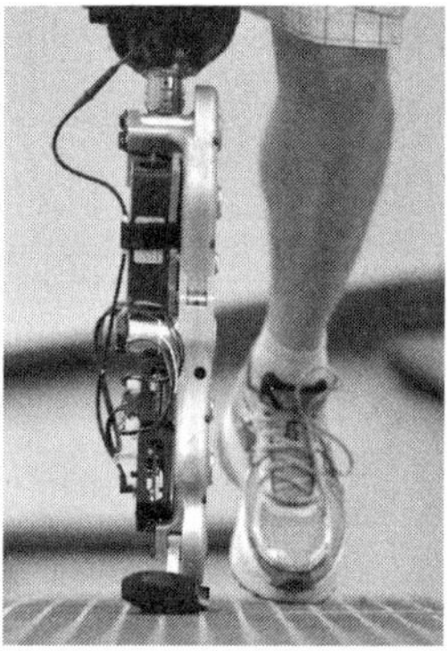

Zac Vawter s'entraîne à courir sur un tapis avec sa jambe bionique, 2013.

• Ainsi augmenté ou réparé, l'être humain ne perd-il pas une part de son humanité ? C'est la question que pose Fabrice Colin dans la nouvelle « Potentiel humain ». Le personnage d'Humberdeen est un humain qui remplace peu à peu ses membres par des prothèses robotisées et devient un cyborg atteint du « syndrome de Coppélia », qui le prive des sentiments proprement humains.

Isaac Asimov, grand auteur américano-russe de science-fiction, s'interrogeait sur la part d'humanité des robots ; à l'inverse, Fabrice Colin réfléchit à la transformation de l'humain en machine.

La science-fiction alerte ainsi sur les risques qu'implique l'effacement des frontières entre humain et machine.

• Le personnage principal du film *I, robot* (2004), largement inspiré des nouvelles du *Cycle des robots*, d'Isaac Asimov, a été « réparé » après un grave accident, grâce à une prothèse au bras qui fait de lui un cyborg. Il va, par sa nature hybride, être le plus à même de comprendre les robots et de contrer leur révolte avec l'aide d'un robot humanisé qui semble ressentir des émotions.

## La procréation artificielle et le clonage

• La procréation médicalement assistée connaît son premier succès avec la naissance de Louise Brown, en 1978. On appelle « bébés-éprouvettes » les enfants qui, comme elle, sont conçus par fécondation *in vitro* (FIV). La technique est inventée par Rob Edwards qui obtient le prix Nobel de médecine en 2010.

• Dans le domaine génétique, la brebis Dolly est clonée en 1986 selon une technique qui permet de diviser une cellule pour reproduire à l'identique un être vivant.

• La voie déjà empruntée par Aldous Huxley dans *Le Meilleur des mondes* est alors ouverte aux récits d'anticipation mettant en scène le clonage humain, comme la nouvelle « Journal d'un clone », de Gudule. Ce qui est en jeu, c'est bien l'identité des clones et des hommes génétiquement modifiés, leur place et leurs droits dans la société. Seront-ils les hommes, les monstres ou les esclaves de demain ?

• Dans le roman anglo-japonais *Never let me go* (*Auprès de moi toujours*, 2005), de Kasuo Ishiguro, l'auteur imagine que des clones sont élevés et éduqués dans un pensionnat en ignorant tout de leur nature et de leur destin.

## Extrait d'*Auprès de moi toujours*, de Kazuo Ishiguro

*Kath, Ruth et Tommy sont élèves à Hailsham[1] dans les années 1990. Un jour, après avoir entendu deux garçons envisager une carrière dans le cinéma, Miss Lucy décide de leur révéler leur identité : ils sont des clones d'humains destinés à donner leurs organes aux êtres originaux dont ils sont la copie.*

Si vous voulez mener une vie décente, alors vous devez être mis au courant, et comme il faut. Aucun de vous n'ira en Amérique, aucun de vous ne sera star de cinéma. Et aucun de vous ne travaillera dans des supermarchés comme j'ai entendu certains d'entre vous l'envisager l'autre jour.

Vos vies sont toutes tracées. Vous allez devenir des adultes, et avant de devenir vieux, avant même d'atteindre un âge moyen, vous allez commencer à donner vos organes vitaux. C'est pour cela que chacun d'entre vous a été créé. Vous n'êtes pas comme les acteurs que vous regardez sur vos vidéos, vous n'êtes pas même comme moi. Vous avez été introduits dans ce monde dans un but précis, et votre avenir à tous, sans exception, a été déterminé à l'avance. Donc vous ne devez plus parler ainsi. Vous n'allez pas quitter Haislam[1] avant longtemps, et il n'est pas si éloigné, le jour où vous vous préparerez à vos premiers dons.

Kazuo Ishiguro, *Auprès de moi toujours (Never let me go)*, 2005.
Traduit de l'anglais par Anne Rabinovitch,
Éditions des Deux Terres, mars 2006.
Ce roman a obtenu le Prix Nobel de littérature en 2017.

---

1. **Haislam :** nom du pensionnat où sont élevés les clones.

▸ QUESTIONS SUR LE TEXTE

**1.** Pourquoi les personnages ne peuvent-ils pas envisager d'avoir un jour un métier ?

**2.** Quel est leur destin selon la gardienne Miss Lucy ?

**3.** Penses-tu que Miss Lucy leur avoue la vérité par cruauté ou par bonté ?

# La révolution technologique à compter des années 1990

## Les robots androïdes

La fin du XXᵉ siècle voit l'apparition des robots androïdes (ou humanoïdes), qui ressemblent de plus en plus aux humains. Leur utilisation s'étend à différents domaines : ils peuvent servir à accueillir les visiteurs d'un musée ou les voyageurs d'une gare, présenter le journal télévisé ou encore aider des enfants porteurs d'autisme à l'école.

### — « À l'avenir, tout le monde au Japon aura un androïde » (L'Obs/AFP)

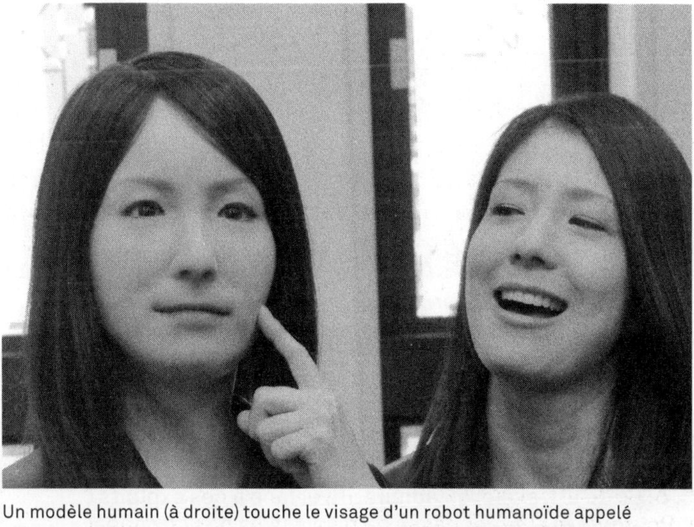

Un modèle humain (à droite) touche le visage d'un robot humanoïde appelé « Geminoid-F » conçu pour ressembler au modèle, lors d'une conférence de presse, à Osaka, le 3 avril 2010. Le professeur Hiroshi Ishiguro de l'Université d'Osaka et l'entreprise Kokoro ont pensé et élaboré ce robot.

► RETROUVE CETTE IMAGE EN COULEUR SUR LE RABAT DE COUVERTURE

## Image du film *A.I. Intelligence artificielle* (2001), de Steven Spielberg

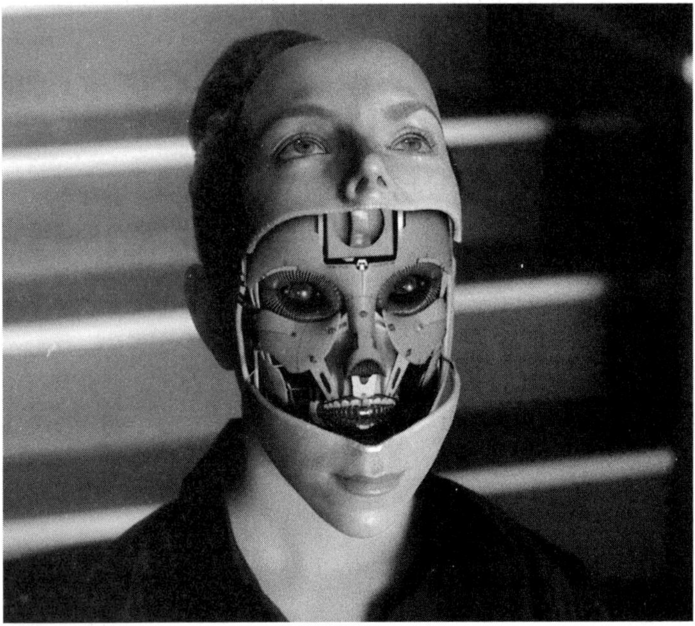

Un « méca », robot androïde ancienne génération dans le film *Artificial Intelligence*, de Steven Spielberg (2001), inspiré d'une nouvelle de Brian Aldiss : « Supertoys last all summer long ».

▸ QUESTIONS SUR L'IMAGE

**1.** Décris les deux images.

**2.** Selon toi, quel robot existe réellement ?

**3. a.** Es-tu effrayé(e) ou admiratif(ve) face à ces exploits technologiques ?

**b.** Explique ta réaction.

**4.** Dans la nouvelle « Potentiel humain, 0,487 », quel sentiment t'inspire le personnage du cyborg Humberdeen qui vend son humanité et devient machine ?

## L'intelligence artificielle

• Étudiée dès les années 1960, l'intelligence artificielle consiste à décomposer l'intelligence humaine en modules élémentaires de façon qu'une machine soit capable de les reproduire. À partir de l'an 2000, elle est présente sur Internet et dans les applications des Smartphones (reconnaissance vocale, agents conversationnels...). Désormais capables d'apprendre, certains robots possèdent une intelligence remarquable. Récemment, un robot a ainsi vaincu le champion du monde de jeu de Go.
Dès les années 1960, Isaac Asimov imaginait ainsi un robot qui posséderait un cerveau à la complexité quasi-humaine.

### Extrait du *Robot qui rêvait* (1988), d'Isaac Asimov

*Le docteur Linda Rash, effrayée par les progrès d'Elvex, un robot qu'elle a créé, contacte sa supérieure Susan Calvin pour avoir son avis.*

– Je suis atterrée, docteur Calvin. Je n'avais aucune idée... jamais je ne me serais doutée qu'une telle chose était possible !
– En effet, dit calmement Calvin. Moi non plus, je dois l'avouer ; ni personne, certainement. Vous avez créé un cerveau robot capable de rêver et, par ce moyen, vous avez révélé une forme de pensée, dans un cerveau robotique, qui aurait pu autrement rester inconnue jusqu'à ce que le danger devienne trop grave.
– Mais c'est impossible ! protesta Linda. Vous ne croyez quand même pas que d'autres robots pensent de la même façon !
– Comme je le dirais d'un être humain : inconsciemment. Mais qui aurait pensé qu'il existait une couche inconsciente sous les méandres évidents du cerveau positronique[1], une couche qui n'est pas nécessairement gouvernée par les trois Lois[2] ? Songez à ce que cela aurait pu provoquer, tandis que les cerveaux robotiques devenaient de plus en plus complexes... si nous n'en avions pas été avertis ! [...]

Calvin retira de sa poche le pistolet à électrons et Linda regarda l'arme, fascinée. Une salve d'électrons, et le crâne robotique avec les rouages du cerveau positronique serait neutralisé et suffisamment d'énergie dégagée pour fondre le cerveau robot en un lingot inerte.
– Mais il est sûrement important pour notre recherche, dit Linda, il ne doit pas être détruit !

Isaac Asimov, *Le Robot qui rêvait (Robot Dreams)*, 1988.
Traduit de l'anglais par France-Marie Watkins, 

---

1. **Positronique :** terme forgé par Isaac Asimov pour désigner les cerveaux des robots.
2. **Les trois Lois de la robotique :** lois inventées par l'auteur auxquelles il fait référence dans toutes ses œuvres. Elles régissent le comportement des robots afin qu'ils ne soient pas un danger pour l'homme.

▸ QUESTIONS SUR LE TEXTE

**1.** Quelle étrange aptitude le robot possède-t-il ?
**2.** En quoi Elvex constitue-t-il un danger pour les humains ?
**3.** Selon toi, pourquoi Linda défend-elle sa créature ?

## Mondes virtuels et monde réel

• Un monde virtuel est un monde créé artificiellement par un logiciel informatique. L'héroïne d'« Anna passe son bac » va ainsi passer les épreuves du baccalauréat plongée dans un monde virtuel, tandis que son père l'attend à l'extérieur de la salle d'examen dans le monde réel.
• La réalité virtuelle entre peu à peu dans nos vies. Ainsi, les simulateurs de vol et de conduite permettent aux pilotes et chauffeurs routiers de travailler leurs réflexes et de se préparer aux manœuvres de sécurité qu'ils auront à effectuer sur certains chantiers. Les personnes atteintes de phobies (araignées, avion, eau...) peuvent se soigner en se confrontant virtuellement à des situations anxiogènes.

• Les œuvres de science-fiction s'emparent des problématiques du monde virtuel qui peut se révéler plus séduisant que le monde réel. Dans le film *Inception* (2010), de Christopher Nolan, par exemple, certains personnages qui partagent un même rêve virtuel ne désirent plus revenir dans le réel.

**— Image du film *Inception* (2010), de Christopher Nolan**

*Don Cobb, expert dans l'art de voler les pensées, doit implanter une idée dans l'esprit d'un homme pendant qu'il rêve. C'est « l'inception ». Il forme et pilote une équipe qui va monter des scénarios dans un monde virtuel imaginé par une architecte talentueuse.*

▸ QUESTIONS SUR L'IMAGE

**1. a.** Décris l'image.

**b.** Quels éléments te paraissent bizarres dans le paysage urbain ?

**2.** Selon toi, est-ce un paysage réel ou virtuel ?
Justifie ta réponse.

**3.** À quelle nouvelle du recueil te fait penser la technique de l'inception ?

# L'idée de progrès au XXI^e siècle

## Les dystopies ou la peur des dérives

• Les œuvres de science-fiction d'aujourd'hui exploitent les scénarios d'un monde où humains, cyborgs et robots ne seraient plus différenciables. Elles croisent souvent plusieurs avancées novatrices : modifications génétiques, clonage et monde virtuel, et posent à nouveau la question : faut-il avoir peur du progrès ? Le sous-genre de la dystopie décrit ainsi une société où le progrès scientifique et technologique, poussé à son paroxysme, a permis l'installation d'une dictature qui fait de la vie en société un véritable cauchemar.

• Dans *Divergente* de Veronica Roth, Tris, l'héroïne du roman, vit dans un monde où la population est répartie en cinq clans : Altruistes, Érudits, Sincères, Fraternels, Audacieux. Elle intègre les Audacieux dont la formation consiste à affronter ses peurs les plus intimes. Comme Anna dans « Anna passe son bac », elle doit réussir des tests de connaissances et de personnalité virtuels.

**— Image du film *Divergente* (2014), de Neil Burger**

*Tris se trouve confrontée à plusieurs images virtuelles d'elle-même.*

Shaileen Woodley (dans le rôle de Tris) dans *Divergente*, de Neil Burger, 2014.

• Jean-Claude Mourlevat, dans son roman *Terrienne*, croise les thématiques des modifications génétiques et robotiques en imaginant un monde où les habitants paraissent humains mais sont amputés de tout ce qui fait l'humanité : les sentiments, les émotions, la vulnérabilité physique.

### Extrait de *Terrienne*, de Jean-Claude Mourlevat

*Bran Ashelbi est un hybride, né d'une humaine et d'un habitant d'un monde parallèle modifié génétiquement et conçu in vitro. Il vit dans un monde où tout est programmé par les scientifiques.*

Bran Ashelbi était né vingt ans plus tôt, mais son existence n'avait pas commencé normalement, c'est-à-dire programmée par les logiciels du gouvernement, puis initiée dans l'éprouvette d'un laboratoire de Lorfalen à partir de deux gamètes choisis avec soin afin d'assurer à l'enfant à naître un programme génétique de qualité.
En ce cas, son avenir aurait été le même que celui de tous les habitants de ce monde, c'est-à-dire tracé par avance, avec la certitude et la pureté d'une barre de titane. Son embryon aurait été conservé le temps nécessaire, à température idéale dans une couveuse du Centre de natalité, puis, une fois suffisamment développé, remis à sa cellule, composée d'un homme et d'une femme. L'enfant aurait ensuite l'enseignement adapté à la fonction sociale pour laquelle on l'avait conçu et pour laquelle on l'avait prédestiné : aiguilleur de bus, poseur de plafond, nutritionniste ou informaticien. Devenu adulte, il aurait exercé cette fonction, on l'aurait associé à sa compatible, une femme avec laquelle il se serait mis en cellule, et ils auraient à leur tour accueilli un enfant issu de deux gamètes choisis avec soin afin d'assurer au nouveau-né un programme génétique de qualité et un avenir...
Non ?
Bran Ashelbi n'avait pas vu le jour de cette façon-là, ni suivi ce processus immuable. [...]

Il était un hybride.
Il était l'enfant d'une Terrienne.

Jean-Claude Mourlevat, *Terrienne*, © Gallimard jeunesse, 2011.

▸ QUESTIONS SUR LE TEXTE

**1. a.** Comment les habitants du monde de Bran sont-ils conçus ?
**b.** Quel lien peux-tu faire avec « Journal d'un clone » ?
**2. a.** Pourquoi Bran est-il un hybride ?
**b.** Imagine les conséquences que peut avoir la présence d'hybrides dans cette société.

## L'espoir de « réparer » l'humanité

• Bien que parfois visionnaires, les auteurs de science-fiction ne sont pas pour autant des devins ou des prophètes capables de deviner le futur. Si les récits dystopiques sont nombreux, c'est parce qu'ils permettent d'alerter sur certaines dérives médicales et technologiques. Cependant, dans la réalité, les progrès scientifiques améliorent la vie de nombreuses personnes.
• Citons quelques exemples. Selon une étude de l'INED réalisée en 2018, la procréation médicalement assistée a permis la naissance d'un enfant sur trente en France.
Autre exemple : depuis les années 2000, la recherche en génétique a progressé de manière spectaculaire. Des chercheurs sont parvenus à cloner des cellules souches humaines, révolutionnant le traitement de certains patients atteints de maladies génétiques telles que la mucoviscidose, la drépanocytose et même certains cancers grâce à la mise en place de thérapies géniques.
• L'homme peut-il pour autant dépasser sa condition d'homme et viser l'immortalité ? Non, selon de nombreux scientifiques. Prenons garde de bien différencier les modifications effectuées avec un

objectif thérapeutique (ou pour compenser un handicap) des expériences qui viseraient à décupler les capacités humaines normales.

## — Pouvoir remarcher avec la biotechnologie

*Le centre de recherche biomédicale de Grenoble Clinatec veut mettre au point un exosquelette à quatre membres pour rendre leur mobilité à des patients tétraplégiques. Le malade peut contrôler la machine « par la pensée » grâce à une matrice d'électrodes qui capte les signaux cérébraux.*

Projet « Clinatec », prothèse robotisée contrôlée par la pensée à l'aide d'une puce implantée dans le cerveau.

▶ RETROUVE CETTE IMAGE EN COULEURS SUR LE RABAT DE COUVERTURE

# TABLE ICONOGRAPHIQUE

| | | |
|---|---|---|
| 2 à 175 | ph © | YinYang/iStock/Getty Images |
| 3 | ph © | Victor Habbick Visions/SPL/Biosphoto |
| 5 | ph © | Colin Anderson Productions Pty Ltd/Getty Images |
| 6 | ph © | Serge Corrieras/Opale/Leemage |
| 13 | ph © | Victor Habbick Visions/SPL/Cosmos |
| 33 | ph © | Caroline Barbera |
| 70 | ph © | Donald Iain Smith/Getty images |
| 112 | ph © | livcool/Adobe Stock |
| 139 | ph © | Erling Soderstrom/Gamma-Rapho |
| 160 | ph © | RobertoDavid/iStock/Getty Images Plus |
| 176 | ph © | Colin Anderson Productions Pty Ltd/Getty Images |
| 177 | ph © | Victor Habbick Visions/SPL/Biosphoto |
| 179 | Coll. | Prod DB © Universal / DR |
| 180 | ph © | Brian Kersey/AP/Sipa Press |
| 183 | ph © | Yoshikazu Tsuno/Afp |
| 184 | Coll. | Prod DB © Amblin-Warner/DR |
| 187 | Coll. | Prod DB © Warner Bros. Pictures - Legendary Pictures/DR |
| 188 | Coll. | Prod DB © Red Wagon Entertainment/DR |
| 191 | © | Fonds de Dotation Clinatec |

**Couverture et Plat 4**
ph © Colin Anderson Productions Pty Ltd/Getty Images

**Rabat avant**
1 : Androïdes 01, Résurrection, de Jean-Luc Istin et Jesus Hervas
© Editions Soleil, 2016
2 : © Lucasfilm/20th Century Fox - Coll. The Kobal Collection/Aurimages

**Rabat arrière**
1 : ph © Yoshikazu Tsuno/Afp
2 : © Fonds de Dotation Clinatec



PAPIER À BASE DE FIBRES CERTIFIÉES

Hatier s'engage pour l'environnement en réduisant l'empreinte carbone de ses livres. Celle de cet exemplaire est de :
400 g éq.$CO_2$
Rendez-vous sur www.hatier-durable.fr

**Iconographie :** Hatier Illustrations
**Graphisme :** Mecano – Laurent Batard
**Mise en pages :** Alinéa
**Édition :** Clothilde Diet
**Carte :** Légendes cartographie
**Illustrations :** Patrick Deubelbeiss

Achevé d'imprimer par CPI Black Print - Espagne
Dépôt légal 05281-9/07 - Décembre 2022